AF345973

EL BOSC MEDIEVAL
Primera edició: novembre de 2022
© Dalmy J. Gascón. 2022
© Disseny de la coberta: Imagteràpia, 2022
© TAEL edicions
taeledicions@gmail.com
© Fotografia de la coberta:
Ermita de la Mare de Déu de la Pertusa, Corçà, (Lleida)
Encaputxat: Nando Gascón, Setmana Medieval de Montblanc
Autors: Antonio Sales / Ainoa G. Godoy
© Fotografia de l'autor: Sergi Gascón
ISBN: 978-84-123177-6-3
Dipòsit legal: T 1229-2022

*Que el vent sota les ales us sostingui allà
on el sol navega i la lluna camina.*

John Ronald Reuel Tolkien

El bosc Medieval
DALMY J. GASCÓN

Col·lecció

Narrativa

Juvenil

TAEL

Capítol. 1
Castell de Calders

Sant Vicenç de Calders, primavera de 1557. Des del turó, el paisatge desolador de la plana cap al mar, deixava el rastre fumejant de les fogueres, distants les unes de les altres. La pesta estava estesa per tota la costa catalana.

Dos-cents deu anys abans, la primera epidèmia de Pesta Negra, es va emportar les vides de més de vint-i-quatre milions de persones a tot el continent. Va ser la més devastadora de totes les epidèmies a la història de la humanitat. L'any 1347, la pesta va viatjar amb els comerciants de la Ruta de la Seda fins a Itàlia i França. On va desembarcar als ports marítims procedent d'Àsia.

Es va propagar per Europa occidental com la pólvora. Amb una inusitada rapidesa va penetrar a la península Ibèrica per terres catalanes, estenent-se amb molta celeritat per les províncies de Girona, Barcelona i Tarragona. No va trigar a endinsar-se cap a l'interior de ponent, a través de Lleida.

Dos-cents deu anys més tard, una altra vegada i en una altra primavera, la pesta va tornar a copejar la costa catalana. Corria l'any 1557, i aquesta vegada venia amb força insòlita, acompanyada del tifus exantemàtic, aquí l'anomenaven el tabard. Una època dura, de males collites i mals auguris per a la gent pobra. Les pestes es van prolongar amb més o menys incidència des del segle XIV fins al segle XVI i continuarien els anys vinents, passada la centúria. Però això no ho sabia l'Arnau d'Agulló, senyor de la fortalesa i de les terres baixes de Sant Vicenç de Calders; contemplava les fogueres que cremaven a la plana, al costat dels cultius i els camps de roselles. El foc devorava la roba, els mobles i altres estris, que van ser propietat dels difunts. Tot havia de cremar fora de les poblacions, en terrenys oberts perquè el fum i el sutge no arribessin a les cases. S'havia de cremar tot el que hagués estat en contacte amb els infectats, encara que fossin objectes de molt valor.

—El diable s'emporta les ànimes impures —va dir l'abat. Que s'havia incorporat al costat d'Arnau, per contemplar, des de l'ampli finestral, els camps que tenia als peus, amb un mar asserenat més enllà de les terres de cultiu.

—La pesta se n'emporta totes les ànimes, abat, a totes —va respondre.

—Heu disposat allò que s'ha acordat?

—Tot el que vau ordenar Reverendíssim Senyor. Ningú no sabrà res fins que arribi el moment oportú.

—Heu de recordar la gran importància que té. I que no ha de caure a les mans equivocades. Fa segles que se'n guarda el secret. Un secret que ningú no ha de descobrir. Per això confiem en vós, perquè ho posi en un lloc segur, lluny del monestir i de la Cort Real.

—No tingueu por. Vós com jo, sabem que és el lloc adequat. El meu fill supervisa les reformes d'un castell a prop dels límits d'Aragó. Coneix aquest emplaçament sagrat i solitari.

—Llavors no s'ha de témer res.

—Tornareu aviat al monestir de Sant Cugat? No és segur continuar aquí —va avisar—. Així que jo parteixi amb el meu seguici cap a terres d'interior, hauríeu de tornar al monestir —va suggerir l'Arnau.

—D'aquí a dos dies sortiré amb la comitiva. Vós hauríeu de fer el mateix. Aquí ben poc en queda, tot just cinc cases habitades.

—Em fa mal deixar el castell de Calders. He de prendre la decisió correcta.

—No la demoreu —va acabar l'abat.

Capítol. 2
Vila de Ponts

Les gerres de vi dansaven sobre les taules i el clam dels homes es podia escoltar des de l'exterior de la posada. Arnau d'Agulló esperava la trobada amb el seu fill a la vila de Ponts. Martí d'Agulló havia d'anar des del castell d'Artesa, on havia passat la nit amb els seus lleials, residència del pare de senyora Elvira, després que Martí d'Agulló s'unís en núpcies amb la parenta del marquès de Camarasa.

El petit seguici que acompanyava a l'Arnau d'Agulló es va acomodar en una taula. Van demanar vi i una mica de menjar a l'hostaler, que prest els va servir el sol·licitat. La presència del fill no es va fer esperar. Poc després de la seva arribada va aparèixer a la posada convinguda, on es va unir amb dos dels seus lleials servidors al seguici del seu pare.

—Tot està conforme el que disposà pare —va dir Martí d'Agulló.

—Hem d'actuar amb cautela —va advertir el pare.

—Ho sé —va assentir el fill—. Que cap infortuni s'encreui al nostre camí.

Des d'un racó de la posada, un rostre ocult sota una caputxa, atenuat pel contrallum del sol que entrava per la petita finestra, uns ulls observaven atentament els nouvinguts.

L'endemà al matí Arnau d'Agulló acompanyat dels seus homes, als quals es van unir el seu fill i els seus dos vassalls, van emprendre el viatge que els havia de portar a un lloc recòndit de les muntanyes, a la frontera amb el Regne d'Aragó. Els camins eren escabrosos i les boires, gairebé permanents, encara que l'hivern anés quedant enrere, es perpetuaven com una segona pell als tàlvegs de les terres d'interior. En alguns traçats del camí la humitat de la matinada deixava enfangat els passos de les cavalleries. Abans que caigués la tarda arribarien al castell d'Artesa, on passarien la nit. Des d'allà partirien l'endemà al matí cap a la frontera amb Aragó, passant per Camarasa Fontllonga, residència de Martí d'Agulló. En dos dies, si res no els retingués pel camí, arribarien al seu destí, a la petita ermita de la Pertusa.

La boira s'havia dissipat amb el sol de migdia. Només el trot dels cavalls trencava el silenci, creuant les terres de labor i terrenys erms.

—No trigarem a veure les tres torres del castell d'Artesa —va dir amb semblant alegre Martí d'Agulló. Cavalcava al costat del seu pare.

—Això espero. Des que partirem de Calders no hem parat, només a les posades per descansar el menor temps possible.

—Aviat emprendreu el vostre propòsit i el que us han encomanat pare.

—Com més aviat estigui en un lloc segur, molt millor per a tothom. Déu no vulgui cap altre destí, ni altres desventures, després d'estar amagat tants anys als ulls dels qui no mereixen posseir-lo.

—Difícil encomana pare, la vostra. Aviat haurà acabat.

—No desitjo res més, fill meu.

La primavera del nord era freda i els cavalls començaven a donar mostres de cansament malgrat els breus descansos a les posades. A les terres de ponent les hores nocturnes, sota el mantell de les estrelles, es refredaven més quan la volta celeste es mostrava amb un cel ras infinit. La calor del sol acumulada a la terra durant el dia, s'anava perdent de forma gradual i el fred es feia més intens just abans del capvespre, quan les ombres començaven a entreveure's per l'est.

Passat el migdia van arribar al castell d'Artesa, on es van instal·lar per descansar i reposar forces. Partirien a l'alba cap de Camarasa Fontllonga, on pernoctarien a les nobles dependències de la casa pairal, residència del seu fill Martí d'Agulló.

Capítol. 3

El senyor que domina l'aigua

Van deixar la vila d'Artesa quan amb prou feines el sol sortint treia el cap pels promontoris de l'est. Un sol incapaç de penetrar la boira que envoltava les cases que s'estenien a la vall. No gaire lluny de la comitiva, l'home encaputxat els observava guardant una distància prudent. Era fàcil seguir els nobles, anant cap a Camarasa Fontllonga. Els cascs dels seus cavalls deixaven una profunda empremta al fangar dels camins.

No van trigar a passar a prop del castell de Montsonís, creuant les petites valls amb camps de labor i els petits turons. Gairebé dissipada la boira i el sol al seu zenit, sobre un promontori, van veure l'entrellat de carrers de la vila de Camarasa Fontllonga, al marge esquerre del riu Segre. I, a dalt del turó, les torres del seu castell.

A través dels grans murs que arreceraven de la intempèrie l'interior de la casa, s'escoltaven els laments del vent. Havia enfosquit immediatament i la tarda va prendre tints desemparats, apagant les poques hores de sol que quedaven. Trons i centellejats llampecs il·luminaven el cel, deixant veure, des dels finestrals, els carrers amb inusual claredat.

Van trucar a la porta abans d'obrir-la.

—Senyor, el seu fill el vol veure.

—Digueu-li que no trigo a anar a trobar-lo.

El servicial criat es va retirar.

L'acollidor saló era càlid. En una enorme xemeneia se sentia l'alegre crepitar de la llenya en cremar-se. Els troncs d'alzina i roure es tornaven incandescents, retorçant-se entre les flames. Aliè a l'intempestiu temporal que s'aproximava pel nord, on el riu transcorria encaixonat entre els congostos i per on la plana donava pas a les majestuoses muntanyes del Perineu, Martí d'Agulló estava còmodament assegut en una butaca, davant del foc.

—Serà una nit aterridora. Aquí les tempestes porten el diable.

—Ai d'aquell que no pugui resguardar-se a bon aixopluc! —va lamentar Arnau d'Agulló.

—No tingueu por pare, aquí estem en un lloc segur.

—No és per mi que temo. Em volies veure?

—Heu sentit a parlar del senyor que domina l'aigua?

—De fet, he de confessar que no.

El seu pare va seure davant seu, amb una copa de vi que s'havia servit instants abans.

—Per què ho preguntes?

—Diuen que en altres temps. En fa molt. Hi va haver un home que feia màgia amb l'aigua. La trobava a molts metres de profunditat, encara que, a la superfície, la terra fos erma o un desert.

—Això és impossible —va interrompre el pare.

—Exactament, aquestes eren les mateixes paraules que pronunciaven els homes del lloc. També diuen que assecava els rius, les fonts i, van arribar a dir, que fins i tot els llacs, si l'home no era recompensat degudament.

—Aquests miracles de dominar l'aigua, només els va fer Moisès, per la intervenció divina de Déu. Ningú no pot dominar l'aigua si no està degudament canalitzada.

—L'existència d'aquest home pare, va ser posterior. Molt anterior a l'anomenat Segle dels Sarraïns. Època que els àrabs van conquerir definitivament el nord d'Àfrica. I, amb l'expansió musulmana, van envair la península. Aquest home del qual us parlo, va existir al regne visigot de Toledo. Va venir amb els visigots, quan aquests, van perdre la batalla de Vouillé, on van vèncer els francs. Això va obligar el poble got a desplaçar-se a Hispània, després d'haver-hi perdut, el regne visigot de Tolosa —Martí d'Agulló es va aixecar i va omplir una copa del mateix vi que bevia el seu pare. Després de servir-se va tornar a la butaca—. L'home que domina l'aigua va arribar amb ells a la península des de Septimània, una regió de la Gàl·lica. Els gots es van instal·lar a Toledo i, encara que no es té constància del moment exacte, bé va poder ser —va suposar— durant el regnat d'Atanagildo, uns mil anys enrere. La invasió musulmana de la península l'any 711 va posar fi al regne visigot de Toledo. L'home que dominava l'aigua, va existir pare.

—Fill, és una història commovedora, ho admeto. He de dir-te, però, de l'únic home de qui tinc constància és de Moisès, que va dividir el mar dels Joncs, quan guiava els israelites fora d'Egipte, perseguits per l'exèrcit del faraó. Està referit a les santes escriptures bíbliques.

—No em refereixo a Moisès pare —va dir Martí d'Agulló—. Vós sabeu bé que no.

—Potser et refereixes a Sant Magí —Arnau d'Agulló es va aixecar i es va acostar al foc per escalfar-se—. Ell va obrar el miracle de donar vida a un riu.

—No és Sant Magí pare, ni un bruixot de les aigües. L'home que dominava l'aigua tenia el do de trobar-la o d'assecar-la, però no era bruixeria el que obrava al seu poder. Diuen que venia d'un altre lloc inimaginable. Que procedia d'un món aliè als nostres ulls. Hi ha qui explica que era un home errant que no pertanyia ni als uns, ni als altres. Que havia arribat del nord i que estava atrapat al nostre món sense poder anar al seu. Havia perdut el poder de les mans.

—No hauries de creure en totes aquestes bajanades, ni en les llegendes que conten.

—Em retiro a les meves estances pare. Demà ens queda un llarg camí fins a Corçà.

—Tens raó.

A la xemeneia encara crepitava el caliu de la foguera.

Capítol. 4
El secret de la Pertusa

La pluja de la nit anterior havia netejat les boires, el cel lluïa més blau que mai. Només en alguns racons ombrívols del camí apareixien petits bancs de boira. A mesura que avançaven més al nord, el fred, malgrat l'assolellat dia, era més intens.

—Quina és la raó per parlar-me d'aquell home... de l'aigua? —va preguntar el pare, que com els dies anteriors cavalcava amb el seu fill al costat.

—Us referiu a l'home que dominava l'aigua?

—El mateix.

—Em sembla que té molt a veure amb vós pare. No és pas un secret l'encàrrec de l'abat del monestir de Sant Cugat. Un secret que ha de continuar guardat, si és possible per a l'eternitat.

—Tens raó. No entro a jutjar els motius de l'abat, ni arribo a comprendre que de cert hi ha en tota aquesta història. Si és certa, el que porto a la bossa de pell per ocultar la resta de mortals pels segles dels segles, és obra del diable. La seva estranya naturalesa escapa de la nostra comprensió.

—Fra Lluís, un eremita que viu voluntàriament reclòs a les ombres d'una cova propera a Camarasa, diu que no és el diable, sinó obra d'un *Seidr*, un encanteri o bruixeria que fou practicat pels nòrdics pagans. Els practicants que realitzaven aquest encanteri, eren gairebé sempre dones, les *seiðkona* o dona que veu. Encara que aquesta bruixeria o encanteri va ser practicat per un *seiðmaðr*, l'home que veu. La pràctica del *seiðr*, fa que qui ho practica sigui feble i vulnerable. A l'home que veu, se li va escapar de les mans i... —Martí d'Agulló va mirar el seu pare —els tres cèrcols de l'anell van obrir altres mons, més enllà del *Valhalla* de la gent del nord, el paradís on vivien els seus déus i al qual només es podia accedir morint a la batalla, on el déu *Odín* els esperava per donar-los una benvinguda heroica.

—Ruqueries, ja t'ho vaig dir ahir a la nit.

—Si és cert o no, només l'abat sap quant de veritat hi ha en tot aquest misteri pare.

—Què saps de l'anell?

—Només sé que aquell home que veu, i tots els que el van precedir, es van tornar febles, vulnerables. I per por de ser castigats pels déus, van traspassar a l'altra banda, a un d'aquests mons perduts, aprofitant una de les portes d'accés.

—Són fantasies dels pagans fill. Una llegenda del nord. Res més.

—Llegenda o no, vós la porteu a la bossa, i l'amagareu perquè cap home en pugui fer mal ús.

Arnau d'Agulló va agafar fort les regnes del seu cavall.

—En cap cas no obris l'anell, passi el que passi.

—No tingueu por de pare. Confiem en el Senyor. Complim el mandat encomanat.

Van creuar una depressió del terreny, on encara corria l'aigua de pluja de la nit anterior, i es van endinsar per un bosc d'alzines dens, sense baixar la guàrdia. El sol baixava a l'horitzó.

—Pernoctarem a la posada del petit llogaret proper a la Pertusa —va dir Arnau d'Agulló— Al matí anirem a l'ermita.

Capítol. 5
A bon resguard

L'ancià frare es va afanyar a rebre els nobles d'Agulló, pare i fill, al costat de l'ermita de la Mare de Déu de la Pertusa, situada en una aresta rocosa. Fra Llorenç lluïa una barba grisenca com el llarg cabell que queia sobre les espatlles. Un buf d'aire fresc es va fer notar procedent del congost, als peus del qual passava el riu Noguera Ribagorçana. Va fer una reverència i els va convidar a passar a l'interior de l'ermita, composta d'una sola nau amb volta de canó.

—Sigueu benvinguts.

—Ben trobat fra Llorenç —va respondre Arnau d'Agulló.

En un extrem, cap a llevant, en un absis semicircular unit a la nau mitjançant un arc presbiteral estret, hi havia l'altar amb la imatge de la Mare de Déu de la Pertusa.

—Feu vida a l'ermita? —va preguntar Martí d'Agulló

—En certa manera, senyor. Per ser exactes la meva humil casa es troba a poca distància a peu de l'ermita, en el que queda del castell.

—L'abat del monestir de Sant Cugat, va dir que l'ermita és un bon lloc per custodiar el secret de l'anell. Que amb vós quedarà segellat i molt segur. Estic convençut que serà així —va dir Arnau d'Agulló.

—No tingueu por que així ha de ser. L'abat és un bon amic meu i l'ermita és un lloc segur.

—Així i tot, no ho sembla. L'espai és petit i no veig gaires llocs on es pugui amagar —va observar Martí d'Agulló mirant tota l'estada.

—Els ulls no poden veure allò que es mostra amagat davant seu. De vegades, als llocs més insignificants, es manifesten els secrets més grans que van reservar els constructors de castells i ermites. Tingueu paciència. Només nosaltres tres, segellant el jurament Sagrat, sabrem on estarà dipositat l'anell embruixat. Ningú no hi ha d'arribar. Mai! —va sentenciar el frare.

—Ni amb la mort, ningú no ha de trencar el silenci dels nostres llavis —va assegurar Arnau d'Agulló.

—Doncs que sigui així —va postil·lar el frare.

Davant la Mare de Déu de la Pertusa, davant de l'altar, van jurar solemne silenci i no desvetllar mai de la seva pròpia boca, el lloc on seria dipositat l'anell, obra del diable, que posseïa a qui en fos portador als dits.

Fra Llorenç buscar sota la catifa, darrere de l'altar, una argolla de ferro oculta a la ranura d'una llosa en forma d'angle, en la qual estava subjecta com a tirador.

—Ajudeu-me!

Els tres homes van aixecar la pesada llosa. Una glopada d'aire va colpejar les cares. Van baixar uns graons de pedra. Sota l'absis hi havia una sala petita.

Per la paret entraven els raigs de llum a través d'uns forats de la mida d'un carreu. El frare va temptejar el terra amb els peus, fins que va trobar una rajola més gran que la resta. La llosa de pedra es movia sota els peus.

—Hem d'aixecar-la. No serà fàcil. Està encaixada degudament per dificultar qualsevol intent de deslliurar-la del seu encaix —va dir el frare—. A la meva edat és impossible. Es necessiten braços forts per desplaçar-la.

Va ser una tasca àrdua, la rajola de pedra pesava massa. En desplaçar-la, van quedar al descobert, uns esglaons de pedra que baixaven perdent-se en un abisme d'ombres negres.

—Jo no us puc acompanyar. Aquestes escales baixen fins als peus de la muntanya, a pocs metres de la riba del riu. Heu de baixar fins a arribar al final, on trobareu una petita sala amb volta, com si fos una cripta. Heu de dipositar l'anell al fons d'un pou de pedra diminut. No hi ha aigua, és un dipòsit d'armes perdut en l'oblit dels temps. Deixeu l'anell al seu interior i torneu a segellar la boca del pou amb la llosa que trobareu. No busqueu la sortida a l'exterior. Com el pou, la porta està segellada amb pedres. Quan van deixar d'existir els setges als castells medievals de l'època, la boca del túnel de sortida al riu, es va segellar per sempre.

Fra Llorenç els va oferir unes torxes que es trobaven penjades a la paret de la petita sala sota l'absis.

—Les necessitareu, però no demoreu gaire, el temps apressa i us quedareu completament a les fosques —els va advertir el frare.

Van baixar cautelosament pels recaragolats esglaons que es precipitaven a l'oquedat oberta a l'ànima de la muntanya. Feia olor d'avern putrefacte, a mesura que s'endinsaven al buit de les profunditats, sobre la base de l'ermita. La flama de les torxes amb prou feines dansava, l'escàs aire i el silenci esmorteïen la vida que arrelava als seus extrems.

Després d'una eternitat, van arribar al fons.

La llum de la torxa que subjectava Martí va il·luminar el pou. Arnau d'Agulló va allargar la mà que subjectava la bosseta de pell al buit.
La va deixar caure.
L'anell va quedar dipositat sobre el fred terra del pou, empresonat per la foscor quan la llosa de pedra va cobrir completament la boca del forat.

El sol il·luminava amb tota la seva esplendor l'ermita que, com una àliga posada sobre una aresta rocosa, dominava el pas del riu que provenia del congost cap a les planes. En poques hores, l'ocàs no trigaria a engolir el riu, l'ermita i el secret enterrat als seus peus.
Abans de partir de tornada, fra Llorenç li va lliurar a l'Arnau d'Agulló un llibre del religiós *Ambrosius Catharinus, Discors del reverend P. Frate Ambrosio Catharino Polito, Vescovo di Minori, contra la Dottrina, et li Profetie di fra Girolamo Savonarola*. Un polèmic tractat contra el monestir dominic de Savonarola de Florència, al qual havia pertangut.
—Guardeu el llibre en un lloc segur. I busqueu, si convingués, a les seves entranyes.

Fra Llorenç els va acompanyar fins a la petita clariana, on els homes de confiança dels nobles esperaven amb els cavalls.

—No tingueu por, abans he de perdre la vida que revelar el lloc on es troba l'anell —va dir el frare prenent les mans d'Arnau d'Agulló.

—Confio en vós fra Llorenç. Que no calgui perdre-la, ni la seva, ni la nostra.

Capítol. 6
1928, Barcelona

La plaça d'Espanya de la ciutat comtal era un autèntic caos, hi havia operaris per tot arreu, tota la plaça estava en obres, era caòtic transitar pels voltants, més amb el tòrrid estiu que queia sobre la ciutat, una ciutat que s'estava transformant. L'Exposició Internacional de Barcelona estava a menys d'un any de celebrar-se, prevista per al dia 20 de maig de 1929. A l'exposició internacional l'esperaven vuit mesos per exhibir davant del món els avenços industrials i tecnològics. De nou la ciutat tornaria a viure una altra exposició internacional i a originar una remodelació de la ciutat, de la muntanya de Montjuïc i les zones confrontants, com ara la plaça d'Espanya, ara en obres.

L'Exposició Internacional hauria de canviar el desenvolupament urbanístic per a Barcelona. Seria per als arquitectes un autèntic banc de proves per fer front als nous estils arquitectònics gestats a principis del segle XX, hauria de ser la consolidació del noucentisme, estil de tall clàssic que substituiria el modernisme preponderant a Catalunya durant la transició de segle. L'Exposició deixaria per a la posterioritat nombrosos edificis i instal·lacions, que amb el pas dels anys es convertirien en emblemes de la ciutat, com ara el Palau Nacional, la Font Màgica, el Teatre Grec, el Poble Espanyol o l'Estadi Olímpic.

Joan Camprubí va sortejar les obres al seu pas per la plaça i va enfilar l'avinguda del Paral·lel per acostar-se, com ho feia habitualment, fins a la Fira de Bellcaire, al costat del Molí, per ensumar al mercat del llibre, exemplars vells o d'ocasió que els llibreters barcelonins oferien a bon preu. Camprubí era un enamorat dels llibres i també havia fet alguna incursió al món de la literatura, però sense fortuna. A casa seva feia amuntegament d'una, no menys menyspreable, col·lecció de llibres, res a envejar amb qualsevol petita biblioteca de barri. Era un pis molt ampli i amb tantes habitacions com a una pensió, totes ocupades per hostes de paper, llibres i més llibres. Estava situat al carrer de l'Hospital, a prop del vell edifici de l'Hospital de la Santa Creu, ja en desús.

Joan Camprubí era un espavilat observador rebuscant entre els munts de llibres. Sempre escollia aquells més rars, edicions velles que se n'havien desprès provinents de cases, els propietaris de les quals estaven morts i resultaven ser un embolic per als seus hereus. Lectors que se n'havien anat de la ciutat per algun motiu i s'havien desprès de la càrrega que suposava arrossegar amb els llibres a un altre lloc. El cas que, al mercat del llibre d'ocasió de la Fira de Bellcaire, hi havia molts «*Camprubís*» buscant les seves preses de paper com a feres. El Paral·lel no només atreia tots els vicis que hi havia i per haver-hi, totes les diversions possibles, el Paral·lel era molt més, era tot un univers, i una de les seves atraccions eren els llibres.

Al costat dels toscos taulells de fusta que acollien els volums exposats, hi havia un munt d'altres llibres vells, apilats desordenadament a terra. Joan Camprubí es va ajupir de gatzoneta al costat de dos curiosos més i va començar a remoure el munt d'obres. Aviat li va clavar l'ull a un exemplar amb el llom i les cobertes de pell corcada pels anys. Era una edició del *Discurs del reverend P. Frate Ambrosio Catharino Polito, Vescovo di Minori, contru la Dottrina, et li Profetie di Fra Girolamo Savonarola* de l'autor *Ambrosius Catharinus*. Una edició antiquíssima. Camprubí va llegir la data a les primeres pàgines MDXLVIII, mentalment el va traduir a números aràbics, any 1548. «Qui s'hagi desprès d'aquesta joia literària està boig», va pensar Camprubí i el va atrapar entre les mans.

—Vostè és l'encarregat d'aquests llibres? —va assenyalar el munt amb el dit índex.

El llibreter ocasional el va mirar desconcertat.

—I tant! —li va dir amb veu alta, entre el murmuri de veus dels clients que envoltaven la parada.

—Quant?

—Tots els del munt a dues pessetes cadascun.

Joan Camprubí es va quedar immòbil amb els dos llibres a la mà.

—Dues pessetes? —finalment va dir.

—¿Se'n quedarà algun? —Tots aquests del munt estan massa espatllats i trencats per vendre'ls més cars —va afegir el llibreter ocasional—. Estaven a cases on les parets de les quals, encara estaven en pitjors condicions que els llibres, en ruïnes. Si en vol algun, no em faci perdre el temps —va sentenciar l'home.

—Em quedo aquests dos.

—Doncs quatre pessetes —va somriure el llibreter.

El segon llibre era un tractat d'aritmètica editat a finals del segle XIX. Joan Camprubí vestit pulcrament amb un vestit desgastat de color gris fosc que li venia una mica ajustat al seu cos rabassut, es va treure la gorra de visera a quadres grisos i blancs i es va gratar el cap, mostrant una calvície galopant. Els seus llavis van dibuixar un subtil somriure victoriós sota el negre mostatxo. Va pagar i es va allunyar de la parada.

Eren dos exemplars molt mal conservats, però algun arranjament li faria el cercador de llibres.

Camprubí va afanyar el pas, anava ben atussat i calia celebrar la bona compra literària. Avui es deixaria caure pel Marsella per celebrar l'adquisició de tots dos llibres, però sobretot del *Discors d'Ambrosius Catharinus*. El Bar Marsella no era lluny del Paral·lel, al carrer Sant Pau, al bell mig del Raval. Joan Camprubí donaria bon compte a uns glops d'absenta i, potser, només potser, aprofitant ser al Raval, el barri més pobre de Barcelona, sinònim de suburbis, mala gent i revoltes, no en va, hi vivia la població més pobra i marginal de la ciutat. Podria prendre's la llibertat de comptar amb la companyia d'alguna prostituta, al cap i a la fi, era un home solter. I estava al barri idoni.

Tres anys enrere un periodista li havia encunyat el sobrenom de barri xinès.

El fum flotava com una boirina embolicant el llum d'aranya que penjava del sostre, pujava arran de les cadires de fusta i les taules de marbre i s'estenia per tot el local. El bar estava ple de gent. Joan Camprubí va buscar un forat al final de la barra, i es va asseure en un racó enganxat a la paret.

Hora i mitja més tard va abandonar el local en direcció a la Rambla sense arribar-hi. Camprubí va travessar els carrers desordenats del barri, havia de deixar els llibres a casa seva abans d'aventurar-se als jocs viciosos de l'amor.

Va tenir una sobtada sensació que algú seguia els seus passos. *«Sempre s'ha d'estar atent en aquest maleït barri»*, va pensar per dins. Va mirar cap enrere, però no va veure ningú que aixequés sospites, «falsa alarma, qui voldria treure'm alguna cosa, si soc un pobre home», els seus pensaments es van dissipar només arribar al portal de casa seva.

Una figura el va observar des de la distància, l'home que amagava la cara sota un barret es va esfumar immediatament com la boira.

Capítol. 7
Un desenllaç fatal

El pis estava sembrat de llibres per tot arreu, tots vam escampar de qualsevol manera pel terra de la casa, havien estat arrencats de les prestatgeries de cadascuna de les habitacions, com si un huracà els hagués pres brutalment dels prestatges. Al fons del llarg passadís, en una petita estada, hi havia el cos sense vida de Joan Camprubí enmig d'un esgarrifós toll de sang, li havien clavat diverses punyalades amb una daga obrecartes que era al costat del cadàver.

L'enrenou a la saleta era considerable, era semblant a les altres habitacions. Una cadira tirada a terra al costat del vell escriptori de fusta, un llum de peu inclinat contra la paret al costat de la finestra, que donava al celobert i un mar de papers, quaderns i més llibres disseminats per la superfície de la petita habitació. Possiblement, el racó de la casa on Camprubí havia de passar més hores davant del seu escriptori observant o llegint algun llibre al faristol que, com la resta de les coses, estava tirat a terra, sobre les fredes rajoles de ciment de l'habitatge.

—La porta no estava forçada, l'infeliç segurament coneixia el seu agressor —va dir l'home baixet amb bigoti negre a joc amb el barret.

—Anirien buscant diners, joies o altres objectes de valor... —comentar un dels policies—. Però aquí només hi ha llibres, molts llibres —observar.

L'inspector de la Brigada de Recerca Criminal va mirar la víctima que jeia a terra amb cert menyspreu.

—Potser una venjança. No cal descartar res. I no és un barri amb bona reputació —va postil·lar.

La mort de Joan Camprubí, l'home apassionat pels llibres, va ocupar una petita columna al diari *Las Noticias*, el segon diari més llegit després de La Vanguardia a la ciutat. Fet que va posar de sobre avís els llibreters d'ocasió, en particular tots els que coneixien Camprubí, un comprador compulsiu que restaurava, en la mesura del possible, vells llibres, molts d'ells, edicions antigues que podrien arribar a obtenir un bon preu a les mans adequades.

La notícia, encara que breu, no va passar desapercebuda, menys al barri del Raval, i aviat va córrer la veu del fatídic desenllaç. Alertant els possibles compradors de la biblioteca privada de Camprubí a preu de saldo, que era com s'aconseguien buidar els pisos d'estris, especialment llibres, de la gent morta amb hereus o sense, els quals manaven netejar l'immoble de trastos i pertinences caduques.

Tot el que va pertànyer a Joan Camprubí, finalment va ser venut en una subhasta pública.

Llibres, mobles i tot el que es va poder vendre per guanyar alguna pesseta extra. Almenys amb aquesta intenció ho va fer el nou propietari de l'immoble, malbaratant els béns del difunt, que va mal morir, sense hereus que poguessin reclamar ni un sol llibre.

Capítol. 8
Tarragona, temps actual

Era diumenge i com tots els diumenges acudia, sempre que li fos possible, a la seva cita habitual, al mercat ambulant de trastos i antiguitats, encara que majoritàriament eren coses velles més que antigues, on no faltaven llibres, discos i còmics per a delit dels col·leccionistes. Eudald Claramunt, filòsof i arqueòleg, a la universitat de Tarragona, li agradava sortir a capturar objectes antics i llibres, que més que importants li resultessin interessants. No era cap expert, només un paio curiós.

Aquell mateix matí pujant les escalinates del Pla de la Seu, algú se li va acostar de manera cautelosa i li va lliurar un tros de paper amb una adreça.

—Aneu a aquesta direcció. No ho demori. És important que acudeixi absolutament sol —va dir el missatger, un home d'aspecte descuidat que es va esfumar escales avall sense donar-li temps a reaccionar.

Eudald Claramunt va obrir la mà on segons abans, el desconegut li va posar la nota. Va mirar des de dalt de l'escalinata cap al carrer Major. No va veure l'individu, ni al carrer, ni a la plaça Santiago Rusiñol.

Va desdoblar el tros de paper.

Era una nota concisa.

«Carreró de Sant Magí. No té pèrdua, al costat de la porta trobareu un símbol, l'au Fènix sorgint de les flames sobre el món sostingut per dos àngels dimoni. Segon pis. No hi falti.»

El mercat ambulant s'estenia per la baixada del carrer del Pare Iglesias fins al carrer Merceria per continuar fins a la plaça de Santiago Rusiñol. La plaça i els carrers que envoltaven la catedral s'omplia tots els diumenges de venedors i curiosos que acudien setmanalment a atalaiar les riqueses vetustes que pregonaven els paradistes de cada lloc.

Claramunt va decidir continuar la rutina dominical. La nota i aquell estrany home que el va assaltar sense més ni més, el va deixar perplex. Tot just es podia concentrar a les parades que acostumava a donar una ullada cada diumenge. Qui diables era? Per què em va lliurar aquesta nota? Què vol dir? El que sí que tenia clar és que no aniria aquell mateix matí. Potser dilluns o dimarts.

Quan va acabar el seu habitual recorregut per tot el mercat ambulant, es va asseure davant de la catedral, en una de les taules de l'únic restaurant al Pla de la Seu, per assaborir el seu extraordinari cafè. La nit anterior l'havia allargat fins a altes hores de la matinada, prenent *whiskies* amb uns amics, i al cap encara li ressonaven les restes de la ressaca.

Va consultar al mòbil la ubicació del carreró de Sant Magí, no estava per concentrar-se, ni per donar voltes al coco pensant on era l'esmentat carreró.

Quina va ser la seva sorpresa quan, a la petita pantalla del mòbil, va aparèixer al *Google Maps* la ubicació que buscava.

Estava allà mateix!!, a la plaça Santiago Rusiñol, a pocs metres d'on era. La plaça havia tornat a recuperar el seu antic nom medieval, la plaça de les Cols. Al carreró s'hi accedia des d'aquesta plaça a la del Ball de Dames i Vells, a l'altre extrem dels edificis, creuant l'angost i arquejat passatge. Era el carreró més estret de la ciutat.

«Avui no toca» va pensar Eudald Claramunt. No tenia clar què fer.

Capítol. 9
Cita a cegues

Un aire de mar va bufetejar la cara, l'estiu era a la cantonada. Aquell matí, tot just les deu, l'ambient al carrer era més aviat fresc, preludi d'un altre dia inestable com la setmana anterior.

Es va endinsar al petit passatge des de la plaça Santiago Rusiñol i va buscar la porta amb l'au Fènix i els àngels dimoni. No hi havia gaire cosa a buscar, era un carreró amb un únic portal.

El símbol era diminut, gairebé podia passar desapercebut, era com una marca d'aigua marró fosca a l'esquerra del marc de pedra del portal, a l'alçada de la llinda arquejada sobre dos pilars. Va empènyer la porta de fusta reforçada amb barres planes de ferro creuades. L'escala feia olor d'humitat, estava en penombres. Va pujar els esglaons amb llosetes de fang, desgastades pel pes dels anys i la manca de manteniment. Regnava un silenci absolut, un lloc al marge de l'atrafegada vida del veí carrer Major i dels voltants de la catedral. Eudald Claramunt va assentar les ulleres rodones sobre el nas i es va quedar uns segons davant de la porta de tons ocres amb tantes arrugues com anys a les esquerdes de la seva fusta. La porta encara conservava les empremtes del treball laboriós del fuster, a la part alta, un marc en baix relleu amb el que quedava d'un rombe al centre, a l'alçada del pany, un altre marc amb una roseta i a la part baixa una quadrícula al centre de l'últim marc.

Va colpejar suaument amb els artells.

Va notar que el cor s'accelerava per segons.

Finalment, algú, a l'altra banda, va girar amb força la clau i va desplaçar un forrellat. Enmig del silenci desassossegat, les dues accions per obrir la porta van ressonar per tot el forat de l'escala.

Un home d'edat avançada, amb els cabells i la barba canosa, el va rebre amb aspecte amable.

—Vostè ha de ser Eudald Claramunt, l'esperava, passi —el va convidar a entrar-hi.

—Com sap el meu nom?

—Veig que va rebre la nota, començava a dubtar —li va dir mentre li va demanar amb un posat que el seguís fins al saló menjador—. Tot alhora, senyor Claramunt, tot al seu temps.

Amb un gest de la mà, el convidà a seure en una vella butaca.

Eudald Claramunt va mirar al seu voltant.

—No us preocupeu, l'immoble i tot el que hi ha a l'interior té més anys que *Matusalem*, però està tot net i ordenat. No m'agrada el desordre —va aclarir l'home.

—No sé per quina raó soc aquí, senyor...

—Vagi per déu!, que maleducat he estat, el meu nom és Segismundo, un nom poc o gens comú, Segismundo Ulloa.

—No ha respost la meva pregunta.

—Veurà, li seré franc. I us asseguro que us interessarà, almenys això crec. Vostè i jo ens embarcarem en una aventura, tant interessant com revolucionària.

—Una aventura?

—Una interessant tasca, si ho preferiu. Creu en les casualitats senyor Claramunt?

—Depèn del que anomeni casualitat. Sí es refereix a una combinació de circumstàncies, potser.

—Això mateix vaig pensar jo. Una combinació de circumstàncies és allò que passa per casualitat, un imprevist que no es pot preveure ni evitar. Vol prendre alguna cosa? Què li puc oferir? Tinc te, cafè i alguna infusió d'herbes. No prenc alcohol.

—No vull res, li agraeixo. Només vull saber que pinto en aquesta suposada aventura, missió o com vulgui anomenar.

—Directe al gra. M'agrada la seva actitud. No n'esperava menys —Segismundo va riure obertament.

El seu amfitrió va desaparèixer uns instants del saló. Va tornar al cap de pocs minuts amb un vell llibre a les mans.

—No entenc de llibres —va advertir Claramunt.

—Ni jo li demano que ho faci.

L'home va dipositar el llibre sobre la taula i va indicar a l'Eudald Claramunt que s'hi acostés.

Segismundo Ulloa es va instal·lar la carcassa de les ulleres per poder facilitar la visió dels objectes propers.

—He estat professor com vostè i a més de deixar-me la paciència a les aules, gairebé el seny i... en bona part, la vista. He deixat molts anys de la meva vida al camí de l'ensenyament.

—De què feia classes?, aquí a Tarragona?

—No, en aquesta ciutat no. La vella Imperial Tàrraco, us haurà donat molts més dies de glòria a vostè que a mi, senyor Claramunt. Tinc entès que a més de ser un reconegut filòsof entre els alumnes, té la llicenciatura en arqueologia.

—Faig el que puc. No em queixo.

—Els primers anys vaig impartir classes a la Universitat de Barcelona, després vaig marxar a Alemanya, Suècia i Islàndia i vaig acabar de nou a Barcelona. Era professor d'història, em vaig especialitzar en llengües germàniques.

—I va acabar a Tarragona?

—Podríem dir que ha estat causa de l'atzar. Estic allunyat de les aules. Ja no em dedico a l'ensenyament.

—I a què es dedica ara?

—Vaig forçar una jubilació voluntària. Ara investigo enigmes del passat històric i he publicat algun llibre sobre diversos temes relacionats amb l'Edat Mitjana, essencialment del segle XIV i posteriors.

—Interessant.

El vell professor va obrir amb molt de compte el llibre.

—Què és? Un incunable?

Segismundo Ulloa va somriure.

—No, res d'això. El llibre només és un propòsit.

—Un propòsit?

—Sí. El de guardar un secret únic, inimaginable, sorprenent —va afirmar amb rotunditat.

Eudald Claramunt es va acostar a taula per observar aquell llibre gairebé fossilitzat.

—El llibre ja és una relíquia, ho he d'admetre, un petit tresor de la literatura —va dir Ulloa—. El va escriure un notable religiós, *Ambrosius Catharinus*, l'any 1548. És un polèmic tractat contra el monestir dominic de Savonarola de Florència. Però aquest no és el veritable valor que conté el llibre.

Segismundo Ulloa va aixecar la mirada i va clavar els ulls en els del seu convidat.

—Es tracta d'un tresor? —va preguntar l'Eudald.

—Molt millor —les paraules de Segismundo Ulloa eren tan enigmàtiques que, a cada resposta, Eudald Claramunt estava més confús.

Va observar com la cara del vell professor desprenia un extraordinari entusiasme. En comptades ocasions ho havia vist abans en altres persones. No sabia si era molt cabdal seguir-li la corrent per més temps. Però admetia que cada cop estava més intrigat a veure com acabava tota aquella història.

Amb un fi obrecartes, Ulloa va separar la guarda posterior del llibre. Amb delicadesa i unes pinces va extreure una fina fulla apergaminada. Hi havia escrit un text amb una cal·ligrafia absolutament perfecta.

—Això, amic meu, pot canviar el món —va dir Ulloa, acostant-li el paper a l'Eudald.

Era un missatge, feia referència a unes instruccions o això va creure intuir Eudald en llegir-lo. Hi havia paraules escrites en islandès, la resta en castellà antic.

—Què vol dir *galdra skógarhlið*?

Eudald Claramunt va mirar el seu interlocutor.

—Una cosa així com... *porta del bosc màgic* o al bosc màgic. De fet, el que vostè està llegint en islandès són una... mena de consells.

—Consells? M'he perdut.

—Suggeriments transmesos de boca a boca des de fa segles.

—Amb quina finalitat?, a què es refereixen?

—Són missatges fora d'un context, és a dir, fragments d'un llibre que no s'ha trobat mai. Fa gairebé cinc anys que remeno el cel i la terra, buscant en museus, arxius, biblioteques, especialment a Islàndia. Tractant de trobar el suposat llibre —va fer una pausa—. I no em refereixo a aquest —va llançar una mirada a l'exemplar de la taula—. Vaig saber dels missatges per pura casualitat. En un viatge que vaig fer a Stokkseyri. Aleshores treballava en un centre d'educació secundària, el *Fjölbrautaskóli Suðurlands* a Selfoss, com a professor d'història hispànica i llengua anglesa. Al meu temps lliure aprofitava per recórrer alguns llocs d'Islàndia. Un cap de setmana em vaig acostar fins a Stokkseyri, un petit poble a la costa sud del país que pertany al municipi d'Árborg, igual que Selfoss.

—Està bé fer turisme al país que un treballa. Una manera de conèixer la seva gent i molts pares d'alumnes —va assentir l'Eudald.

—No oblideu que soc professor d'història, i la història dels llocs que tinc la sort de conèixer m'apassiona. A Stokkseyri em van parlar molt de la seva. També de coses molt curioses, és un poble petit d'uns cinc-cents habitants, dedicat al turisme. La pesca ha estat una part de les seves vides, però en realitat no va prosperar mai com en altres zones d'Islàndia —Ulloa es va acomodar a la cadira i va tornar a formular la mateixa pregunta al seu convidat—. De debò no vol prendre res?, faig un bon cafè.

Eudald Claramunt va declinar la invitació negant amb el cap.

—Com li deia...

—Em sento molt més còmode si em tuteja senyor Ulloa —el va interrompre l'Eudald.

Segismundo va assentir i va continuar el seu relat.

—... la història m'apassiona. Allí a Stokkseyri em van parlar de dos llibres, el *Landnámabók*, anomenat el Llibre de l'Assentament, un antic manuscrit islandès que narra amb gran detall l'assentament dels nòrdics a Islàndia durant els segles IX i X d. C. Es guarda a l'Institut *Árni Magnússon* de Reikiavik. Em van explicar que Stokkseyri va ser un dels llocs de colonització de l'illa després del primer assentament d'Ingólfur Arnarson a Reykjavík. L'altre llibre del qual em van parlar va ser el *Heimr myrkr*, un llibre estrany que parlava d'altres mons fora del nostre, un llibre que van portar els colonitzadors d'Islàndia, escrit amb anterioritat a l'establiment a l'illa. A l'esdevenir dels segles van córrer diverses llegendes sobre aquest manuscrit. Asseguraven que la seva procedència venia d'un poble anomenat *Götaland*, una regió al sud de Suècia. Va ser un llibre molt important per als colonitzadors i el van custodiar durant molts segles. Totes aquestes històries sobre això conferien al llibre unes qualitats màgiques inimaginables.

—És el llibre que mai no va trobar?

—Exacte!

—Vostè ho ha dit, és una llegenda més dels islandesos. No existeix —va ser rotund Eudald.

—Això em pensava —les paraules d'Ulloa van tornar a despertar la curiositat d'Eudald.

—Hi ha un enigma que mai no ha estat resolt. En uns determinats llocs d'Islàndia es van fundar dos pobles gairebé idèntics, encara que la distància entre ells és de pocs quilòmetres. Ningú no ha pogut explicar per què. És el cas de les dues ciutats de Stokkseyri i Eyrarbakki a la costa sud i també dos llogarets a la mateixa regió, Hella i Hvolsvöllur. Res, ni ningú pot trobar una raó històrica per què dos llogarets propers no són un sol llogaret. A Hvolsvöllur em van assegurar que va ser obra d'un llibre maleït.

—Això només són parladories de gent que s'avorreix sota els efectes de les aurores boreals —Eudald continuava mostrant-se escèptic.

—Excepte per una raó òbvia —va afirmar Ulloa—. En vaig trobar alguns fragments del llibre a Eyrarbakki, l'altra ciutat idèntica a Stokkseyri. El vell Sveinn Asgardson, un col·leccionista d'antiguitats i conservador del museu d'Eyrarbakki me'ls va mostrar. Va dir que van pertànyer a un llibre creat per la saviesa de *Þórr*, el déu del tro i la força. Un déu influent a la Terra. que dominava sota el seu poder el clima, la justícia, els viatges i les batalles, entre altres aspectes.

—*Thor*? —Eudald no va poder aguantar un somriure.

—Només era una suposició del vell Sveinn. Però els fragments eren autèntics. Parts parcials d'un llibre darrere d'una vitrina del museu local. Vaig prendre nota dels missatges fragmentats.

—Aquests?

—Els mateixos —va confirmar Ulloa— Estaven datats al segle XIV. Algú més va tenir accés al llibre en algun moment de l'any 1300 i el va traduir. No podien pertànyer al llibre original per la data que van ser transcrits. Sveinn Asgardson va dir que una persona es va interessar pels fragments un any abans de la meva visita. —va continuar—. La meva curiositat va ser casual, no tenia ni idea de la seva existència. Em vaig proposar trobar el llibre anys més tard o el que en quedés. Asgardson, però, em va comentar que l'altra persona li va fer moltes més preguntes. Com ara, si al mateix lloc on van trobar els fragments hi havia alguna cosa més.

—Una cosa més?

—Sí. Preguntar per un anell daurat, per les restes del llibre i... per un nom, Carles Agulló Quer.

—Un nom català?

—Li vaig fer repetir diverses vegades. Sí, un nom i cognoms catalans.

—Què buscava aquest tipus? Un anell daurat? Les restes d'un llibre inexistent?

—No ha de ser tan inexistent —va deduir Ulloa.

—Com va trobar aquests apunts ocults a les guardes del llibre? —va preguntar l'Eudald alçant la quartilla del pergamí.

—Aquesta és una altra llarga història, amic Eudald.

—Què diuen més aquests consells en islandès?

—És complex —va admetre Ulloa—. «*Seiðmaðr*», fa referència a un mag. *Staður með orku*, töfrandi, parla d'un lloc amb energia, màgic. *Undir skugga undirheimanna*, és una frase que es podria unir a les altres, una cosa així com sota les ombres de l'inframon. Aquesta altra és confusa —Ulloala va assenyalar amb el dit índex—, «*viðeigandi vefgátt*», el portal apropiat. «*Ef þú færir það muntu ekki koma aftur*», una cosa així com... si ho traspasses o mous no tornaràs. Podria ser una pista, "*frumkvöðullinn mun opna steinhurðina*", l'iniciat obrirà el portal de pedra, i l'última no l'entenc, "*maðurinn sem sér, hinn eilífi*", l'home que veu, l'etern. No sé què vol dir o a qui es refereix.

—Crec que és difícil trobar la resta del llibre amb apunts i amb un... —va mirar el llibre que continuava a taula—, llibre de religió antic.

Eudald Claramunt observà en silenci cada petita frase escrita en tinta negra sobre l'ocraci paper apergaminat.

—Per què m'ho explica a mi? Què tinc a veure en tota aquesta història?

—El vaig observant des de fa mesos. És un caçador de curiositats. La seva especialització és l'Arqueologia Medieval, una cosa rara a la universitat que imparteix classes, essent una ciutat d'origen romà. A cada racó o subsol de Tarragona hi ha vestigis romans.

—L'Edat Mitjana abasta molt de temps sobre les ruïnes de l'imperi romà. Exactament, des de l'any 476 fins al 1492, quan Colom va descobrir Amèrica.

—També sé la seva devoció pels monjos de l'ordre del tremple. Que com ells és tot un cavaller. Estic segur que sap guardar un secret.

—No em tracti de vostè.

—Senyor Claramunt, amb el respecte degut, em sento més còmode amb aquest tracte. En tot cas, procuraré anomenar-lo Eudald d'aquí endavant.

—Com vulgui —va admetre.

—És filòsof i arqueòleg, una bona combinació. Raó de més per confiar en la seva persona Eudald. Tots dos posseïm certs coneixements del passat, això encoratja les meves esperances de trobar, no el llibre, sinó la clau del contingut. L'anell!

Eudald es va quedar atònic.

No sabia què dir. Va pensar que era un guillat.

—No diu res?

—Què vol que li digui? Què pot trobar l'anell amb aquestes retalls de premsa antiga? —va ironitzar.

—Feu la volta al pergamí —li va suggerir Ulloa.

Eudald que encara sostenia el tros de paper a les mans, el va capgirar.

Hi havia unes anotacions escrites en la llengua de Cervantes, eren imprecises i la seva lectura resultava confusa.

«Si potser haguéssiu per necessitat o infortuni o per la mort de qui custodia el secret, heu de recordar hereus del mateix, aquestes vagues ressenyes us han de portar al lloc on va ser enterrat».

—No entenc què vol dir. Sembla una endevinalla.

—Continueu llegint estimat Eudald —la veu d'Ulloa sonava tremolosa, emocionada.

Un altre fragment seguia el primer. Aquesta vegada acompanyat de quatre frases en llatí.

«En trobar-lo l'heu de fondre'l al foc perquè no sigui usat en mans del diable. Desfeu-vos de tan infinit mal és promesa a Déu i als qui el van custodiar. Entre l'aigua i el cel, frontera amb l'infern».

«media lux illuminat viam
rupem castellum nomine espatellam
ad radices abyssi»

Sota els missatges figurava el nom i la data de qui havia traçat, tan rigorosament, els escrits al revers del pergamí: fra Llorenç, 1557.

—Sembla la descripció d'un paratge.

—Si està pensant que és la mateixa mà que va escriure el revers del pergamí, no ho és —va dir Ulloa—. Torneu a capgirar-lo.

Eudald va fixar la seva atenció en els fragments escrits a islandès.

—No és la mateixa lletra!

A Eudald li havia passat per alt.

—Cert, no és la mateixa —va dir Ulloa.

—On vol anar a parar? Dues persones van escriure diferents missatges en el mateix paper?

—Té raó, però a mitges. Els fragments en islandès van ser escrits més de sis-cents anys més tard.

—Com pot ser? —Eudald es va sorprendre.

—Senzillament, perquè qui els va anotar ho va fer coneixent l'existència del pergamí.

—M'està suggerint que algú va descobrir aquest paper, que ha estat a l'interior de les guardes del llibre durant segles, abans que ho descobrís?

—Ni més ni menys amic Eudald —Ulloa va somriure.

—I el va tornar a segellar a l'interior de les guardes?

—Això sembla.

—Qui? Per què?

—Jo també voldria saber quins van ser els motius per tornar a enterrar el pergamí sota la tutela d'un llibre tan singular. El mateix llibre que va tenir a les mans fra Llorenç per tapiar el seu manuscrit.

Eudald Claramunt va deixar el paper de pergamí sobre la taula i es va aixecar de la cadira.

—Deixeu que em pensi la seva proposta —va dir l'Eudald. La incertesa que despertava aquella història no li refermava confiança.

—No hi ha gaire cosa per pensar, és una proposta justa.

—No ho discuteixo —Eudald va sostenir uns instants la mirada del vell professor—. No sé què pretén trobar. Un anell perdut? Em temo que ni vostè ni jo tenim res a veure amb el *Senyor dels anells* —va sentenciar Eudald amb un somriure benvolent.

Eudald Claramunt es va disposar a abandonar el pis. Darrere seu va sentir les últimes paraules de Segismundo Ulloa abans d'obrir la porta.

—Jo vaig conèixer l'home que va visitar Sveinn Asgardson a Eyrarbakki!

Capítol. 10
La trobada

Tortosa, dos anys abans que Segismundo Ulloa es posés en contacte amb Eudald Claramunt.

Feia fred, començava a plovisquejar, el dia tenia tendència a anar empitjorant, dibuixava un cel platejat de cendra cremada com a tions de llenya. Presagiava més pluja que havia de sobrevenir sobrevolant l'antiga ciutat del sud. El riu Ebre discorria en silenci sota el pont de l'Estat, esquivant el vell monument que commemorava records amargs de la Batalla de l'Ebre, al seu pas pel barri de Remolins. Segismundo Ulloa observava les presses de l'aigua buscant el mar a la desembocadura del seu delta.

Des de la balustrada de pedra i obra vista de la rambla, Felip Pradell, contemplava, a l'altra banda del riu, la magnífica façana de la Parròquia de la Mare de Déu del Roser. Ulloa esgotava una cigarreta amb les mateixes presses que portava el riu perquè el plugim no li xopés la cigarreta. Va sentir el toc d'unes campanes. Venia de l'altra riba. El va sorprendre la nitidesa del so.

Va mirar el rellotge.

Eren les cinc de la tarda en punt.

Havia esperat gairebé una eternitat per perdre's
per les cruïlles dels carrerons del nucli antic de la
ciutat tortosina. Hores abans s'havia desplaçat des de
Tarragona per buscar una llibreria inusual de llibres
antics i d'ocasió. Li havien parlat molt bé. Potser
l'exemplar que buscava podria ser al vetust local dels
llibres allotjats a l'empara del temps, al carrer del Cec,
número cinc. Una discreta llibreria amb molt bones
referències, per ser un establiment que amb prou
feines figurava en un parell d'entrades a la web.

—M'agrada l'olor de la pluja.

L'home, protegit amb una caputxa, es va situar al
costat d'Ulloa. Es va quedar mirant el corrent del riu.

—Aquesta olor peculiar en realitat la produeix un
bacteri. L'olor de terra mullada o de pluja, se'l coneix
amb el nom de *petricor* —va respondre Ulloa.

No podia endevinar la cara, però va advertir que
l'home lluïa una perilla blanca i negra, i podia intuir
sota el caputxó de la jaqueta una llarga cabellera. Tot i
això, no tenia l'aspecte d'un captaire, al contrari, era
un home culte i educat.

—El barri de Ferreries era antigament una illa. Fa
molts segles que ho va deixar de ser —es va lamentar
l'home encaputxat—. Els sediments al·luvials van
acabar per cobrir el braç dret del riu entre els segles
XIV i XV. Si l'hagués vist li hauria agradat. Era una
magnífica illa.

—No en tenia ni idea.

Ulloa començava a inquietar-se per la intromissió
del desconegut. No estava per tanta xerrada, ni per
imaginar-se res.

—A l'illa se la coneixia amb dos noms, el de Gènova o de Sant Llorenç dels Genovesos.

—Els genovesos eren a tot arreu —va argumentar Ulloa.

—Ramon Berenguer IV va conquistar la ciutat l'any 1148 gràcies als soldats mercenaris genovesos, als quals els va donar en justa recompensa, part de l'illa, i una altra part a la República de Gènova. Dos anys més tard, aquesta mateixa república va cedir la seva a l'església de Sant Llorenç. Cent trenta-nou anys més tard —va puntualitzar el desconegut amb certa ironia—, els genovesos la van vendre al bisbe de Tortosa i va acabar el seu poder sobre ella.

—Interessant. M'haurà de disculpar —va tallar Ulloa amb cara d'incordi—, tinc coses a fer i la tarda s'està tancant més —va dir mirant el cel—. Sembla que plourà amb ganes.

—El llibre que busca no és en aquesta llibreria —va deixar anar sense més ni més l'encaputxat.

—Com diu? —Ulloa es va sorprendre.

—Que no el trobareu a la llibreria de Subirats. Mai va estar a les seves mans.

—Com sap que busco un llibre? I com sap que tinc previst anar a aquesta llibreria?

—Era l'únic llibre al qual es feia referència al testament de Carles Agulló.

Capítol. 11
Els dubtes del nord

La seva mirada es va perdre a través de les grans finestres de la zona d'embarcament de la terminal 1 de l'aeroport de Barcelona. El sol, a finals de maig, es colava entre la fina boirina blava que cobria, a la distància, la pista d'aterratge i enlairament. No acostumava a viatjar amb avió. No cra el seu mitjà habitual de transport des de feia anys. Tot i la seva delicada salut i la seva edat avançada, conservava el port d'aquell cavaller que havia estat en altres temps.

Va consultar l'hora. En vint minuts agafaria l'avió cap a Reykjavík. No podia ajornar més temps el viatge a Islàndia. El seu pare i, molt abans, el seu avi i quants ascendents va haver-hi a la família, havien deixat escrit en els seus respectius testaments, la guarda i custòdia d'un estrany llibre de temàtica religiosa, escrit a mitjan segle XVI, per algú que no tenia cap relació o parentiu amb cap dels seus familiars. I la curiosa història que va escoltar, sent adolescent, dels mateixos llavis del seu avi. Una història insòlita sobre un llibre que relatava l'existència d'altres mons paral·lels al nostre. Per més que va buscar a la vasta biblioteca heretada des de temps remotament llunyans, no va trobar mai el llibre del qual el seu avi tant li va parlar. No hi havia més ressenyes, ni existia a les prestatgeries de la seva particular col·lecció de llibres. El *Heimr myrkr*, el llibre, fantasma, no va estar mai en poder de cap membre del seu llinatge.

Ara, a l'ocàs de la seva vida, Carles Agulló Quer estava disposat a trobar-lo. Era l'últim fill de la família Agulló, amb ell també s'esvairia l'estirp dels Agulló, la seva immensa biblioteca i el palauet on convivien desmesuradament ordenats tots els llibres que la componien.

Després d'anys de recerca, havia esbrinat el seu possible parador, però no a Suècia, ni a Noruega, com va creure al principi, sinó a terres islandeses.

A través de la megafonia de l'aeroport, una veu femenina va anunciar que en breus minuts els passatgers amb destinació a Reykjavík s'haurien de presentar a la corresponent porta d'embarcament de la línia aèria Icelandair. Una mica més de quatre hores de vol separaven Barcelona de la capital islandesa. Un llarg vol sense cap altra companyia que un llibre de lectura.

Sveinn Asgardson, un dels conservadors del museu local d'Eyrarbakki conegut com a *Husið*, la casa, havia rebut una trucada d'Espanya dies abans. Asgardson es va sorprendre quan la persona que es va identificar a l'altra banda de la línia telefònica va dir que es deia Carles Agulló Quer. Feia una mica més d'un any, un estrany personatge ocult sota una caputxa, buscava el mateix llibre, el *Heimr myrkr* o parts del que en quedés.

—Només hi ha diversos fragments. No hi ha ni llibre, ni anell —li va dir Sveinn Asgardson, advertint l'home que hi havia a l'altra banda del fil telefònic.

—Un anell? —va preguntar el seu interlocutor. Semblava força desconcertat.

No era una casualitat que algú tornés a preguntar pel vell llibre. Asgardson va recordar que mesos abans, un professor espanyol també es va interessar per l'existència d'aquest. Així i tot, el que va deixar estupefacte al conservador del museu, va ser el nom de qui el trucava.

Carles Agulló Quer!

La mateixa persona per qui havia preguntat el personatge encaputxat molt de temps enrere.

A Sveinn Asgardson se li va encongir l'ànima, li pesava com el cel plumbi que empresonava la petita localitat d'Eyrarbakki.

Per visitar Islàndia era una bona època, però no havia estat coincidència que Carles Agulló triés aquestes dates amb més hores de sol. Havia consultat el metge personal, que li va advertir que la proximitat amb el pol nord augmenta el risc de contraure un refredat o una grip a qui no està acostumat a les baixes temperatures, més tenint en compte l'artrosi que patia, una malaltia degenerativa que empitjorava amb el fred i els canvis bruscs de temperatura. Es perdria les espectaculars aurores boreals, més complicades d'observar amb el sol de mitjanit. Agulló no estava per aurores, ni per fer turisme. Havia vingut expressament per informar-se degudament sobre els fragments i el contingut d'aquests.

El responsable del museu li va mostrar els fragments.

«Un viatge molt llarg només per veure mitja dotzena de trossets de paper, aliens a la història del visitant procedent del sud d'Europa»—va pensar Asgardson.

—És el que queda del llibre —li va aclarir—. Els únics trossos que es van poder recuperar.

—Fascinant! —Agulló no va poder evitar emocionar-se— On els van trobar?

—A l'illa Elliðaey. A la primera meitat del segle passat, per ser més exactes, el 1930, gairebé no quedava ningú a l'illa. Durant diversos segles va estar habitada. Els primers habitants que van arribar a l'illa al segle XVIII, van construir cinc cases, ja no en queda ni rastre —va lamentar Asgardson—, amb l'esforç de les seves mans. Eren gent humil que vivien de la pesca, criaven bestiar i caçaven frarets, aquestes petites aus amb bec i cara de pallasso —va concretar Asgardson—. Els darrers habitants se'n van anar al primer terç del segle XX, més o menys, com li he comentat. Des de llavors l'illa va quedar deshabitada. Va ser a mitjans dels anys cinquanta, quan un grup de batedors va trobar, en un extrem de l'illa, el que semblaven uns murs de pedra. Van pensar que es tractava de vells corrals de bestiar. Possiblement, els que van habitar tant de temps l'illa, potser els van fer servir per a aquest menester —Sveinn Asgardson va voler suposar—, però en realitat era una edificació molt antiga. Al final de l'habitacle van trobar una cavitat, una cova de certes dimensions, dins la qual, en unes caixes de fusta, corroïdes pel temps i la humitat, van trobar llibres descompostos, il·legibles i corcats pels anys d'abandó. Petits recipients amb restes de, el que semblava tinta per escriure amb ploma i un *backstaff* o Quadrant de Davis, el mateix navegant anglès que inventés aquest instrument de navegació. Estava rosegat com la resta de tot el que hi havia a dins. Així i tot, van poder rescatar el poc que quedava d'un llibre del mateix John Davis, *Seaman's Secrets*, editat el 1594, juntament amb el seu instrument de navegació.

—Ho havia deixat el mateix John Davis? —es va aventurar a preguntar Carles Agulló.

—Probablement no. Qui ho sap? —Asgardson va arronsar les espatlles —. La datació del poc que es va poder salvar corresponia a èpoques diferents. Els fragments —Sveinn Asgardson, va assenyalar els trossets del llibre darrere de la vitrina de vidre—, són els més antics, corresponen al segle XIV. Se suposa que és una còpia del manuscrit original, el *Heimr myrkr* era molt més antic —va precisar Asgardson.

—I de l'anell que em va parlar?

—Allà no hi van trobar cap anell. Si n'hi va haver, ja no hi era.

—Potser els habitants de l'illa el van trobar. Devia ser l'únic valor per a ells que van trobar a l'interior de la cova —va intuir Agulló.

—És una observació raonable —va admetre el vell Sveinn Asgardson.

—No es va trobar mai un llibre sencer del manuscrit *Heimr myrkr*? —va preguntar Agulló.

—Mai! —va dir rotundament Sveinn Asgardson.

—I aquesta illa, és lluny?

—A poc més de dues hores amb cotxe i ferri. És la tercera més gran de les illes Vestmannaeyjar, que literalment vol dir *«illes dels homes de l'oest.»* Hi ha un centenar de quilòmetres des d'aquí—el va informar Asgardson—. Li adverteixo que no trobarà ningú, no queda res al lloc on van trobar els fragments. La casa solitària, que es pot veure a internet, en realitat és un alberg construït el 1954 per un col·lectiu de caçadors de l'exterior de l'illa, per caçar frarets. Els batedors van ser contractats per ells per assegurar-se que no hi havia habitants a l'illa.

—Sorprenent! No en sabia absolutament res, ni de l'illa, ni de la casa, ni... del lloc on van ser trobats els fragments de l'*Heimr myrkr*.

Carles Agulló va quedar admirat per tota la història que en pocs minuts va vessar Sveinn Asgardson sobre el mar de dubtes que tenia abans d'arribar a Islàndia.

—Imagino que no —va afirmar Asgardson—. És una llàstima que, tot i ser una espècie en perill d'extinció, els frarets es puguin continuar caçant impunement —va manifestar el vell cuidador del petit museu.

—El govern islandès ho permet?

—Cada excursió a l'illa per caçar un centenar de frarets costa al voltant de tres-cents euros. És un negoci molt lucratiu per a tothom.

—Una salvatjada!

A Carles Agulló se li van treure les ganes d'anar a l'illa.

Capítol. 12
L'origen paral·lel

Any 536, a l'hemisferi nord, un mantell de núvols negres s'empassa el sol sense pietat embolicant-lo amb una misteriosa boira. Europa, l'Orient Mitjà i bona part d'Àsia, està sumida en una foscor profunda. Els habitants d'aquests vastos territoris fa mesos que viuen sota les tenebres, aterrits i consumits per la por. És un període negre, una edat fosca, immersa en una fam que devasta i esbiaixa, centenars de vides humanes.

Aquella primera meitat del segle VI estava marcada pel foc dels inferns i una incipient pesta bucòlica que hauria de rematar les desgràcies dels pobladors d'Europa. L'infern que cobria de cendres l'hemisferi nord i els núvols negres que els arrossegaven, eren conseqüència d'una enorme erupció volcànica que s'havia originat a Islàndia.

Enmig d'aquell caos que s'havia eternitzat durant mesos, va passar un estrany succés, ningú no en va ser testimoni, perquè on es va originar va ser en una petita illa del sud d'Islàndia. Una dona en avançat estat de gestació va sorgir del no-res, prop els penya-segats de l'illa. El devastador fred, la foscor i el desolador lloc van desconcertar a la nouvinguda. La dona amb prou feines podia avançar, el vent unit a les inclemències del temps, auguraven que la seva vida i la del nadó que portava al seu ventre, no hauria de durar més enllà d'unes hores.

La noia va buscar refugi a l'única cavitat que va trobar, una cova que la va protegir dels vents violents i gelats que fuetejaven l'illa. A la penombra d'aquell tros de terra enmig de l'oceà atlàntic del nord, sumit sota el flagell turbulent de la galerna, el refugi, la va salvar d'una mort segura.

Va buscar al voltant de la caverna els brins de les males herbes resseques, cremades pel gel, per alimentar un foc que va sorgir de les seves mans. D'entre els esquinçalls de la seva roba, va extreure un llibre amb les cobertes de pell enfosquida, com el dia sepulcral que enterrava l'illa, ofegant-la sense la llum del sol. L'interior d'aquell llibre guardava ocults secrets mil·lenaris, una maquinària diabòlica plena de conjurs i paraules remotes en el temps, quan el món no era com el conegut i coexistien altres mons infinitament dividits en llocs confusos, plens d'éssers misteriosos i humans perduts al confí d'universos paral·lels. Al llom, gravat a foc daurat, podien llegir-se dues paraules *Heimr myrkr.*

Ellidaey, la jove embarassada, va agafar el llibre de les tenebres a les mans i el va observar uns instants. Va tancar els ulls —estava cansada—. Havia pres la decisió correcta, no en tenia dubtes. Va buscar afanyosament en una bossa de cuir un diminut objecte entre els plecs d'un drap opac. En aquella tenebrosa foscor, només esmorteïda per la dansa de les herbes consumint-se al foc, se sentia protegida. Aquell objecte va adquirir una brillantor desproporcionada. Ellidaey va alçar l'anell fins a l'altura dels ulls, a l'interior del cèrcol daurat, el reflex de les flames adquiria una estranya coreografia d'ombres plenes de vida.

La noia va somriure.

Va sentir un estrepitós i llunyà rugit que aviat el vent va atenuar. El tremolor d'aquell bram a la llunyania va alterar el compàs del seu cor.

«Potser era culpa seva i de l'anell tanta foscor. Potser va portar la fúria d'altres mons al què acabava d'arribar».

L'alba d'aquell nou clarejar presagiava una llum vaporosa sobre el cel de l'illa. Ellidaey havia sobreviscut als infortunis que va estar sotmesa durant mesos. Va carregar el seu voluminós ventre i no va trigar a pressentir que amb la tènue claredat que dissipava les tenebres, s'havia de produir un nou esdeveniment.

Donar a llum la criatura que portava a l'úter.

Va sentir una paorosa por que la va paralitzar.

L'angoixa es va convertir en dolor i el dolor en una nova vida.

Era un bell nen, el seu plor va tronar els silencis més recòndits de l'illa.

Ellidaey es va convertir en una *seiðkona*, la dona que veu i que vessa coneixement, sacerdotessa, profeta. Una dona sàvia que va recórrer l'ínsula d'Islàndia durant anys, atrapada en el temps com el seu fill.

—He de tornar al lloc del qual vaig venir, per poder morir en pau.

—Sé que està cansada mare.

El seu fill Einar la va mirar afligit.

—Tu has de seguir el meu camí, fill. Evitar que allò que portem protegint tants anys no caigui en mans dels homes i els converteixi en vils servidors del mal en posseir aquest poder tan desmesurat al seu abast.

Els ulls d'Ellidaey desprenien una brillantor lànguida, esmorteïda. L'opacitat dels anys incrustada a les pupil·les presagiava el lament d'un final proper, un final sense retorn.

—No puc acompanyar-vos mare?

—La teva obligació és romandre aquí. Deixa que passi el temps, que l'oblit consumeixi els que volen ser déus per dominar els mons. Quan ja no els quedi memòria, aleshores podràs tornar. Confia dels homes bons de cor noble, els trobaràs en el teu camí. Ells, com tu, protegiran el secret de l'anell. No temis a l'eternitat, ni sucumbís a ella com he fet jo.

Capítol. 13
Elliðaey

Feia quatre-cents seixanta-cinc anys de l'arribada a Islàndia dels primers monjos exploradors irlandesos, i després els colons vikings vinguts a través de l'Atlàntic Nord buscant terres fèrtils per cultivar. L'escassetat de terrenys cultivables als països escandinaus els va obligar a rastrejar altres territoris. Aleshores, Einar ja havia adquirit, a més d'una vida, uns nous coneixements.

Des del penya-segat, els ulls d'Einar refugiats sota la caputxa contemplaven les terres del sud de l'ínsula islandesa. El vent creixia per moments, el jove home que veu, va recordar les paraules de la seva mare. Encara podia escoltar-les a dins com si fossin pronunciades pels llavis de la dona que li va donar la vida. «Fa molts anys, quan les tenebres cobrien completament aquestes terres amb una aterridora nit eterna, vas arribar tu per portar la llum a aquest món».

Einar va avançar buscant en el perfil dels penya-segats la cova on la seva mare el va portar al món. Havien passat vuit-cents anys d'aquell esdeveniment. La seva ànima estava cansada, gastada, potser no tornaria a veure la seva terra en gaire temps. La maledicció dels portals se li havia clavat a les profunditats del seu cor, els havia creuat tantes vegades que la seva existència entre els mons paral·lels es va convertir en un autèntic infern. Havia de tornar una vegada més al món de la seva mare, enterrar el secret d'aquests mons i esperar l'últim retorn a l'illa que el va veure néixer, quan els homes oblidessin la foscor de la seva memòria que aquests mons van existir. Només llavors, tornaria a travessar el portal de pedra i acabar els seus dies a la foguera de l'*eldfjall*, on va acabar la vida de la seva mare, cansada de vagar pels mons paral·lels, eternament errant per la seva condició de *seiðkona*.

Capítol. 14
El bosc medieval

Any 1338, Einar va abandonar l'espessor del bosc, va alçar la mirada atalaiant la cinglera rocosa, al cim de la qual, els murs d'un santuari penjaven desafiant les lleis vertiginoses del buit. Estava habitat per una petita comunitat de monjos, escribes monàstics, aïllats dels monestirs d'on procedien. El seu aïllament els permetia treballar allunyats de la resta de monjos i monestirs, copiant manuscrits de llibres prohibits. La comunitat de monjos no compilava ni copiava escriptures monàstiques, eren súbdits escrivents, vassalls al servei dels senyors feudals, bisbes i abats. Cada llibre es copiava amb un rigorós secretisme als *scriptorium*, al cubicle que cada monjo tenia a la seva pròpia cel·la o habitació.

Einar es va afanyar ascendint per l'escarpat camí de pedres. No volia cridar l'atenció dels senyors del castell, enclavat en un abisme proper escabrós, al qual pertanyia el santuari. Exhaust pel camí que havia recorregut creuant les profunditats del bosc, va arribar a les portes del santuari.

Un dels monjos el va acompanyar fins a l'estada del prior.

—El que em demaneu no és una tasca fàcil d'emprendre.

—Me'n refio de vós prior i per això ho deixo a les vostres mans. No disposo de gaire temps.

—No demaneu només copiar-lo, sinó alterar-ne d'alguna manera el contingut. Reescriure el manuscrit porta temps.

—He tornat d'on vinc per acabar la tasca encomanada. I sepultar per sempre el manuscrit que us he portat.

—Esteu massa lluny d'aquell lloc d'on dieu? —va demanar el prior.

—Massa prior.

Einar es va treure la caputxa que cobria el seu cap, «aquesta és la cova adequada» es va dir així mateix. L'obertura vertical no era gaire gran, amb prou feines l'alçada d'una persona, del seu interior, brollava un aire fred, tant com la foscor que s'intuïa des de l'entrada. El jove Einar va calar foc a l'entorxa que duia a la mà, un tros gruixut de teia que va calar amb la mateixa ràbia que s'encén la fullaraca seca. Havien passat gairebé nou mesos des que va deixar el manuscrit als monjos, ara ja n'eren dos els exemplars del *Heimr myrkr*, dos llibres amb diferents continguts, encara que molt semblants. Era l'única manera de salvaguardar l'autèntic missatge del manuscrit original. Nou mesos, tants com mons paral·lels coneguts n'hi havia, connectats entre ells a través de portals de pedra carregats d'una energia única. Einar s'havia passat mesos buscant el lloc més inaccessible a la profunditat del bosc, la cova no estava gaire lluny del santuari, era el lloc idoni per amagar a l'eternitat el *Heimr myrkr*.

Va avançar entre el llòbrec de la cova, perdent-se als racons d'estrets passadissos i minúscules sales on amb prou feines podia mantenir-se dret. Einar va alçar el braç que portava la torxa, la flama de la qual oscil·lava pel corrent d'aire, va observar l'enorme espai que s'obria davant seu. Va creuar la gran sala amb un ampli sostre de volta i es va tornar a perdre per una infinitat de galeries on amb prou feines es podia accedir. En un ramal d'aquella cruïlla de camins subterranis va trobar l'emplaçament que buscava. Durant unes hores al dia penetrava la llum del sol per un orifici obert al sostre, indetectable des de l'exterior, el feix de llum del qual assolia un espai a la paret rocosa, quedant il·luminat uns minuts. En aquell pany de pedra, Einar, dies abans, havia practicat un forat que va entapissar amb pells i en aquell forat va dipositar el llibre. Era l'únic lloc de la cova sense humitat a causa de la calor de la llum sol.

Einar, hàbilment va cobrir i va segellar el forat practicat i va retrocedir sobre els seus passos.

La resta de la tasca encomanada era cosa del prior que es va fer càrrec de l'anell.

—Us prometo portar-lo en un lloc segur —convingué el prior del santuari—. Serà custodiat per la comunitat de monjos del monestir de Sant Cugat, al sud d'aquestes terres. El monestir és el més notable de tot el comtat de Barcelona i els seus monjos els més fiables.

—Us refieu d'ells?

A Einar li assaltaven els dubtes.

—Plenament —va respondre inequívoc el prior.

El segon manuscrit, hàbilment modificat, tal com va disposar Einar, va romandre durant molt de temps als arxius del santuari.

Cinc anys més tard, el monjo que el va transcriure i va transformar, va viatjar a terres del nord d'Europa i també el llibre *Heimr myrkr*.

Capítol. 15
La cita inesperada

El sol banyava amb reflexos d'or la ciutat de Barcelona, tot el passeig de Gràcia irradiava una llum especial, un joc d'ombres i contrallums suscitaven una diafanitat única. Si no hagués rebut aquella trucada, no hauria sortit de casa malgrat el generós dia que regalava aquell mes de març, embolicat en una aurèola de placidesa.

Carles Agulló va contemplar el grup de turistes que immortalitzava la Casa Batlló als seus mòbils d'última generació. Des del seu retorn d'Islàndia, feia gairebé un any, havia posat de cap per avall la seva immensa biblioteca amb l'ajuda de Miquel Albet, el seu jove ajudant. En Miquel era un espigat i esprimatxat jove, prudentment pentinat, amb la ratlla cap a un costat, bru, de pell torrada i somriure afable. Servicial en tot allò que li encomanava el vell Agulló.

—Em passes a recollir en una hora —va demanar Carles Agulló, abans de baixar del cotxe.

—El recolliré aquí mateix —va respondre sense més dilació Miquel.

Carles Agulló va asseure's a la taula d'una cafeteria propera a la casa projectada per Gaudí, amb el suport del seu bastó de disseny.

Va esbossar un somriure a la jove cambrera que el va atendre.

—Un tallat curt de cafè, si us plau.

Havia tornat a buscar el que mai no va trobar a les prestatgeries de la seva magnífica biblioteca heretada de la família. Ni tan sols a Islàndia va poder trobar cap pista, ni fefaent, ni de caràcter dubtós. Només va trobar les frases fragmentades què deien pertànyer a l'*Heimr myrkr*. Uns simples fragments que pertanyen a una còpia manuscrita datada cap a l'any 1300. Unes frases trobades d'un llibre reescrit al segle XIV, que ni tan sols era l'original. No obstant això, el nom del *Heimr myrkr*, li continuava martiritzant l'existència. No es podia treure del cap els relats que el seu avi, feia setanta anys, li relatava assegut a la falda davant de la xemeneia del vell saló.

Gairebé sense adonar-se'n va veure com l'home s'asseia davant seu, una caputxa li cobria el cap. Aparentava uns trenta-pocs anys —calculà Carles Agulló—, amb barba negra, canosa als costats. La parca que duia posada li impedia entreveure la cara.

Va ser pulcrament puntual, a les 15.57 hores.

Carles Agulló va consultar el rellotge de polsera.

—Una virtut poc freqüent avui dia.

—La puntualitat és el menys important senyor Agulló —va dir aquell personatge misteriós que el va abordar just a l'hora exacta que havien quedat.

—Recordo que va insistir en l'hora i els minuts, 57 —va remarcar Agulló.

—No li diu res aquesta xifra?

—57 minuts?

L'encaputxat va acompanyar la seva negativa amb un moviment de cap.

—No!

—No el comprenc —va admetre sorprès—. Senyor...

—No he dit el meu nom.

—Malgrat això, sap el meu, i el meu número privat de telèfon. Qui és vostè? Què vol de mi?

—Per ser-li franc, no desitjo res de vostè senyor Agulló, només vull aconsellar-lo, fer-lo entendre que les coses inabastables són difícils d'aconseguir. Impossibles en el cas que esteu buscant —va sentenciar el seu interlocutor.

—Li repeteixo que no sé qui és vostè, ni que vol. Ni sap què estic buscant. Si és que creu que busco alguna cosa —va subratllar.

—No sap què significa el guarisme de l'hora 15:57?

—Ja li he dit que no en tinc ni idea. M'està fent perdre el temps, senyor com es digui —va grunyir Carles Agulló amb un cert enuig.

—Aquesta hora és en realitat una data. Li faré memòria —va proposar l'enigmàtic encaputxat.

—Sap?, no estic per a contes xinesos —Carles Agulló va fer posat d'aixecar-se.

—Li prego uns minuts —va insistir l'home de la caputxa—. Després podrà anar-se'n on vulgui.

—No tinc tot el dia per escoltar necieses.

— Si a l'hora 15:57 li traiem el còlon, aquests dos puntets superposats que fan la funció delimitadora, se'ns queda en una data, 1557.

—I què vol dir aquesta data?

—Molt —va dir el desconegut—. A mitjan segle XVI, el 1557, per ser més concret, un tal Arnau d'Agulló, senyor de la fortalesa i d'una bona partida de terres a Sant Vicenç de Calders, va acceptar un encàrrec de l'abat del monestir de Sant Cugat —va argumentar l'inescrutable personatge que tenia davant seu—. Arnau d'Agulló va haver de posar en lloc segur, lluny del monestir i també de la Cort Real, un valuós objecte que, juntament amb un llibre desaparegut, suposaven trencar un terrible secret i obrir les portes a altres mons infinits.

—Un objecte? —va interrompre Carles Agulló.

—Un anell —va admetre l'encaputxat.

Carles Agulló va intuir un sobtat temor que el va fer empal·lidir a l'instant. Havia sentit aquell nom alguna vegada. Ho havia nomenat en alguna història el seu avi, Anton Agulló, referint-se a un llunyà avantpassat de la família. Per a súmmum, aquell estrany home va fer referència a un anell. Es tractava del mateix anell que li va esmentar el vell Sveinn Asgardson a Islàndia? El llibre desaparegut era el que ell buscava? Es va quedar amb la mirada clavada a la cara del desconegut, buscant entreveure un indici de llum als seus ulls.

—I aquest llibre que diu que està desaparegut, no existeix? —finalment va demanar Carles Agulló.

—El llibre que vostè busca no existeix, senyor Agulló!

—I l'anell?

—Un dels seus avantpassats el va amagar de manera que és impossible trobar-lo. Llevat que... vostè sàpiga on és —va deixar caure intencionadament, dibuixant un somriure maliciós sota les ombres de la seva caputxa.

—No sé res d'anells —va emfatitzar Carles Agulló.

—És una llàstima. Jo busco l'anell, vostè el llibre.

—Doncs ja veu que cap dels dos no estem en condicions d'intercanviar res. No sé de quin anell em parla, i el llibre és una fal·làcia per ensarronar ineptes amb ànsies de trobar respostes on potser no n'hi haurà.

—D'això no en tinc cap dubte, senyor Agulló.

—De què?, de l'anell o del llibre?

—Potser de totes dues coses.

L'home de la caputxa es va aixecar i va deixar sobre la taula una targeta amb el nom i l'adreça d'un correu electrònic.

—Si esbrina alguna cosa sobre les dues coses... li agrairia m'ho comuniqués.

Abans de perdre's entre la multitud dels transeünts, l'encaputxat es va girar per mirar Carles Agulló.

—Per cert, em dic Einar.

Capítol. 16
El joc del seeker

Com qualsevol altre diumenge, al voltant de la catedral, l'ambient de curiosos apropant-se a les parades dels venedors d'ocasió i altres riqueses i trastets vells i objectes dispars amb una peculiar singularitat, omplien l'entorn del nucli antic de la ciutat de Tarragona, la Hispània Citerior Tarraconensis, bressol de romans i després província visigoda.

Eudald Claramunt enfundat en una lectura indescriptible sobre històries germàniques, esperava pacientment l'arribada de Segismundo Ulloa, responsable ara del seu trencament de cap. Els primers dies de juny auguraven un estiu sense gaires sobresalts, calor moderada amb l'acidesa d'una humitat recarregada a l'ambient i alguns dies puntuals de molta calor asfixiant.

—Alguna novetat?

Segismundo Ulloa havia aparegut de sobte a la taula del bar que hi havia davant de la catedral. O almenys això va pensar Eudald que seguia amb el cap ficat al llibre d'història medieval germànica.

—El missatge és molt enrevessat: «*media lux illuminat viam rupem castellum nomine espatellam ad radices abyssi»*. «*La llum del mig il·lumina el camí, un penya-segat amb un fort anomenat Espatella al peu de l'abisme*». És tan ambigu com desconcertant. En cap dels dos casos, ni en llatí, ni en castellà, em suggereix res al cercador de *Google* —va dir l'Eudald alhora que aixecada la mirada del llibre per mirar el seu interlocutor.

—Ha provat amb cada frase per separat?

—La veritat és que no he tingut temps ni tan sols de dedicar un moment a aquest assumpte.

Eudald va mentir. No li havia dedicat absolutament res, ni un segon. Allò el superava, els llibres màgics, no l'importaven en absolut. I la història d'aquest professor, tot i ser atractiva, no tenia sentit, buscar un llibre prohibit perdut, sap déu on.

El *Heimr myrkr*, no existia en cap referència consultada per Segismundo Ulloa, incloent-hi diverses comprovacions a dues edicions diferents de *l'Index librerum prohibitorum*, una del segle XVI i la darrera edició de 1948. Una tasca gens fàcil perquè l'*Index*, va desaparèixer de les impremtes i de les llibreries a principis de febrer de 1966, suprimit pel papa Pau VI. *L'Index librerum prohibitorum*, va sobreviure al llarg de quatre segles. L'índex de llibres prohibits era una llista de les publicacions que l'Església catòlica va catalogar com a llibres perniciosos per a la fe i que els cristians no estaven autoritzats a llegir pels seus continguts fora dels cànons catòlics. I el *Heimr myrkr* no era a la llista.

Eudald connectar el seu portàtil. Passats uns minuts, la pantalla va cobrar vida amb l'anagrama de *Google* amb cada lletra de color, en sis colors diferents.

—Amb «*media lux illuminat viam*» Res! —va dir Eudald decebut.

Va tornar a teclejar la segona frase en llatí, «*rupem castellum nomine espatellam*».

Eudald es va emportar les mans al cap.

—Si no ho veig, no ho crec!

—Què? –va preguntar sobresaltat Segismundo.

—És una ubicació!

—Tenim la ubicació? Impressionant!

Eudald Claramunt va observar amb sorpresa la pantalla del seu portàtil. Hi havia una dotzena d'entrades referint-se a una sola edificació, incloent-hi una entrada que deia «Imatges de *rupem castellum nomine Spa-tella*» amb deu fotografies d'una ermita enclavada en una carena rocosa.

Eudald va clicar sobre una de les fotografies.

La pantalla es va omplir de desenes de fotos de l'ermita.

Eudald va accedir a una de les pàgines on va trobar una detallada referència sobre aquesta.

En va llegir textualment el contingut.

«*L'ermita de la Mare de Déu de la Pertusa va ser construïda en dues fases, una inicial a la segona meitat del segle XI i una altra posterior de principis del XII. És una nau única amb capçalera semicircular orientada a l'est. Tot i la seva tosca factura i senzillesa, el temple destaca pel seu espectacular emplaçament perquè es troba al capdamunt d'un cingle que domina l'embassament del riu Noguera Ribagorçana, just al límit entre Catalunya i Aragó.*

L'ermita de la Pertusa està situada a un paratge absolutament espectacular. Enriquida sobre un estrat que s'ha verticalitzat com una espadanya. Va pertànyer a la Corona d'Aragó. Per arribar-hi cal anar fins a Balaguer i després en direcció nord cap a Àger. Des d'aquí a Corçà i posteriorment cal seguir per una pista asfaltada durant dos quilòmetres, al final trobarem l'ermita —el text en deixava ben clara la ubicació—. L'enclavament —va continuar llegint l'Eudald— *està documentat sota el nom de "Pertusa" almenys des de 1162 en què Alexandre III ho cita així en una butlla. Amb anterioritat el lloc es coneixia com a Espadella, paraula derivada de Spa-tella* —Eudald alçà la mirada de la pantalla per veure la reacció de Segismundo—, *nom citat a la donació a l'abadia d'Àger feta per Arnau Mir de Tost l'any 1060 que es refereix al mateix com «rupem castellum nomine Spa-tella»* —Eudald va remarcar dues vegades el nom. El mateix que estava escrit en llatí al pergamí trobat al llibre—. *Al costat del temple de l'ermita va haver-hi un castell, avui en ruïnes, component un altre més dels nombrosos conjunts religiós-militars en què no faltaven l'església castrense i la fortificació. La torre-castell la podem apreciar a mig camí, adossada a un sortint rocós i mostrant, tant línies rectes en un dels seus angles, com un perfil arrodonit a l'oposat.»*

—Aquí diu que només hi ha la base de la torre-castell —va dir l'Eudald.

—Concorda amb el nom. No hi ha més referències d'altres llocs similars?

—No —va respondre l'Eudald.

Segismundo tenia els seus propis dubtes.

—Creu que hauríem de buscar en aquest lloc, a l'ermita de la Pertusa?, hi serà el llibre?

—Potser hi ha una petita biblioteca —va esgrimir l'Eudald.

—O simplement res —va contestar el vell professor.

—Per cert, no m'ha dit com va trobar el llibre de temàtica religiosa amb el secret incrustat a les seves guardes.

—Investigant a consciència estimat amic Eudald. Jo l'anomeno el joc del *seeker*, ja sap, el cercador.

«Està com una xota» va pensar per a ell l'Eudald.

—Sé que tot això és com una bogeria per a vostè. Potser aquesta mateixa bogeria és la que m'indueix a continuar buscant el maleït llibre —va dir Segismundo.

El vell professor va prendre un glop de la seva tassa de cafè. Va mirar Eudald pensatiu.

—Com podeu veure hi ha una relació amb les paraules del paper i el que m'acaba de descriure —va assenyalar l'ordinador portàtil—. Vostè és bo en arqueologia, jo ho soc en història—Eudald se'l va mirar confús—. Sí, ja ho sé, modèstia a part. Junts podem trobar el llibre.

—Parlant de llibres, com va trobar el tractat religiós d'Ambrosius Catharinus? —va insistir.

Segismundo es va quedar uns instants observant la façana principal de la catedral. Estava com absent.

A Eudald li va passar pel cap que li havia incomodat la pregunta.

—Sap?, m'ha dut molt de temps. Vaig consultar qui era el tal Carles Agulló Quer. Al principi no va ser gens fàcil. A internet hi havia poques referències sobre la seva persona, les suficients per anar estirant el fil. Carles Agulló era fill de Josep Lluís Agulló, un conegut empresari barceloní propietari d'un petit, però no menys important hòlding d'empreses i propietats immobiliàries. La fortuna de la família venia de lluny, del seu avi, que va heretar alhora la del seu pare. Carles Agulló, fill únic, va ser l'hereu del 55% del hòlding, percentatge en mans dels Agulló en el moment de la mort de Josep Lluís. Carles Agulló era l'accionista majoritari i president del hòlding —Ulloa havia indagat a fons Carles Agulló—. No va tenir descendents, mai no es va casar. Va deixar la fortuna repartida en obres benèfiques i per a una modesta fundació que porta el seu nom. Això de modesta és un dir —va apuntar—, es tracta d'una fundació sense ànim de lucre per afavorir biblioteques a països del tercer món i escoles on la seva prioritat, a banda de l'ensenyament, és fomentar la lectura. Curiosa fundació no hi ha dubte —va acabar Segismundo.

—I el llibre religiós?

—Aquí vaig —Segismundo va agafar alè—. Algú em va parlar, no recordo qui, que alguns llibres de la biblioteca particular dels Agulló, se'ls havia emportat un parent de la família que posseïa una llibreria de vell a Tortosa i la resta, la majoria, van anar a parar a la fundació. Aquesta fundació té una immensa biblioteca, la que va rebre de Carles Agulló abans de morir. Els Agulló tenien una inusitada predilecció per un llibre, especialment un tractat religiós d'Ambrosius Catharinus. Cada testador va deixar constància en els seus respectius testaments l'obligació de vetllar per la seva guarda i custòdia. Ja recordo qui em va informar —Segismundo Ulloa va fer memòria—. Va ser un empleat de la notària que va gestionar l'herència de Carles Agulló.

Eudald Claramunt que havia sentit el relat d'Ulloa, el va interrompre.

—Tot això està molt enrevessat. Necessitava un llibre per cercar un altre llibre?

—En realitat jo buscava el parador del *Heimr myrkr*, no pas el del tractat. Vaig pensar en resums que igual es tractava del mateix llibre. Així que me'n vaig anar a Tortosa per veure si el llibre el tenia aquest parent dels Agulló. El cas és que no vaig arribar ni tan sols a la llibreria —Ulloa va canviar de semblant—. Allà vaig conèixer l'home que va visitar Sveinn Asgardson a Eyrarbakki, un paio estrany ocult sota una caputxa. Em va perjurar que no trobaria el llibre en aquella llibreria.

—I s'ho va creure sense més ni més? —va qüestionar l'Eudald.

—Sí. Va ser molt convincent —va afirmar Ulloa—. L'altre lloc que em quedava per visitar era la fundació.

Segismundo Ulloa va prosseguir amb la seva explícita explicació.

—El bibliotecari que s'encarrega de gestionar cada entrada i sortida de llibres de les prestatgeries em va parlar del tractat d'Ambrosius Catharinus editat l'any 1548, escrit cinc anys abans de la mort de l'autor. En el moment de constituir la fundació, Carles Agulló va deixar escrit que tots els llibres podrien ser consultats, i que tots haurien de ser prestats com en qualsevol altra biblioteca de la ciutat, a excepció d'un llibre.

Eudald escoltava amb compte el relat del vell professor d'història.

—Endevina quin llibre? —va preguntar Segismundo al seu company de taula—. El *Discors del reverend P. Frate Ambrosio Catharino Polito, Vescovo di Minori, contra la Dottrina, et li Profetie di Fra Girolamo Savonarola* d'Ambrosius Catharinus —. Aquest llibre només es podia consultar a la sala de lectura de la biblioteca.

—I això el va induir a pensar que el llibre amagava alguna cosa? —va preguntar l'Eudald.

—No. En els dies posteriors vaig continuar investigant tot el concernent a Carles Agulló. Tot normal. La qual cosa em portava a la pregunta del milió, quina relació tenia Carles Agulló amb Islàndia i els escrits fragmentats de la còpia de l'*Heimr myrkr*? Tenia a veure amb el llibre d'Ambrosius Catharinus? —Segismundo va prosseguir—. El bibliotecari em va comentar que el tractat d'Ambrosius va ser robat de la casa dels Agulló vuit anys abans que esclatés la Guerra Civil Espanyola. Van robar aquest i altres llibres que, suposo, van ser rapinyats a l'atzar —va apuntar Segismundo—. A casa dels Agulló van saltar totes les alarmes en descobrir que faltava aquest llibre en concret. Llibre que es va recuperar uns mesos més tard a casa d'un col·leccionista de llibres antics. Jo no tenia ni idea de la connexió entre el llibre d'Ambrosius Catharinus, amb el que vaig descobrir més tard a l'interior del llibre —va dir Segismundo.

—Com va aconseguir treure el llibre de la biblioteca? Segismundo va somriure maliciosament.

—L'astúcia, amic meu, és una habilitat per percebre les coses i obtenir-ne profit, o benefici mitjançant l'ofuscació, és a dir, l'engany —va contestar—. Vaig anar a la biblioteca un cop per setmana, sabia on era l'exemplar perquè m'ho va mostrar l'amable bibliotecari. «Ningú no ha consultat mai aquest llibre», em va dir el bibliotecari amb certa decepció. La resta va ser fàcil i l'afany et dona coratge per fer coses que no s'haurien de fer, en certes circumstàncies —va subratllar—. Vaig fotografiar amb el mòbil el llibre i la prestatgeria amb el lloc exacte de la posició del llibre. Vaig encarregar un exemplar amb pàgines en blanc i les cobertes exactament idèntiques al llibre d'Ambrosius Catharinus. I ho vaig canviar —va sentenciar.

Eudald va quedar tan sorprès que l'única cosa que se li va acudir, després d'un lapsus momentani, va ser formular una altra pregunta.

—El llibre que hi ha a la fundació és el fals amb els fulls en blanc?

—Correcte —va corroborar Segismundo.

—I no s'han adonat del furt?

—Vaig tornar durant algun temps a la biblioteca de la fundació per consultar altres llibres. Ja li vaig dir que ningú no consultava aquell exemplar avorrit.

—I... just a la fusta!, va trobar el full de pergamí al seu interior —va apuntar l'Eudald.

—Vaig mirar pàgina per pàgina del llibre buscant alguna cosa fora de lloc, alguna part del text subratllada. No vaig trobar res anormal a cap de les pàgines. La meva tossuderia i persistència a trobar algun indici d'alguna cosa em va portar a les cobertes. Potser he vist moltes pel·lícules policíaques —va admetre—. I allà hi havia el subtil tacte d'alguna cosa sota la guarda posterior del llibre.

—Un tros de paper apergaminat amb uns textos sense solta ni volta —va murmurar l'Eudald.

—A simple vista potser sembla així. Però estic segur que cada frase ha de tenir sentit —va apuntar el vell professor d'història.

—No tenen sentit —va replicar l'Eudald.

Eudald Claramunt va demanar el compte al cambrer.

—Vindrà amb mi? —Segismundo va buscar la complicitat d'Eudald.

—Anar, on?

—No sent curiositat de veure què hi ha en aquesta ermita?

Capítol. 17

L'obituari dels llibres

Munts de caixes s'apilaven disposades a ser subhastades als mercenaris *drapaires*, erudits del paper i de l'ocasió. Eren llibres que s'havien acumulat amb els anys al soterrani de la casa d'en Carles Agulló, llibres de poca importància, novel·les i assaigs mediàtics, la majoria regals d'amics o coneguts. Edicions contemporànies que no mereixien un lloc a les prestatgeries de la seva biblioteca, però tampoc desmereixedors de passar a millor vida en algun contenidor de paper.

Carles Agulló va ordenar que se'n desfessin en alguna subhasta pública, sabent que en aquestes subhastes arreglades acabarien en mans de llibreters ocasionals i llibreries a peu de carrer. L'obituari d'aquests llibres acabaria als ulls de lectors amb butxaques de poc calat, curiosos o obstinats defensors dels llibres capturats en caixes i en moribunds mercats de cap de setmana.

Va passejar la seva mirada per l'enorme sala, on milers de paraules capturades en el silenci de les pàgines esperaven ser llegides. Fileres interminables de llibres flanquejaven les parets de la sala dividida en dos pisos. Al centre s'estenia una taula rectangular de grans dimensions amb els seus respectius faristols de lectura i els llums. Aquella part de la casa estava dissenyada com una biblioteca.

Carles Agulló havia tingut a les mans moltes vegades el tractat d'Ambrosius Catharinus. Un cop més el va prendre de la prestatgeria i el va posar sobre un dels faristols. Va connectar el llum i va revisar el llibre. No entenia absolutament res, el llatí mai no va ser el seu fort. Era l'únic llibre que posseïa del polèmic teòleg, un dominic que va ser nomenat bisbe de Minori i arquebisbe de Conza. L'únic llibre que per herència explicita havia passat de generació en generació amb l'estricta voluntat de no desprendre's mai i preservar-lo de per vida.

Estranya empresa la salvaguarda d'un llibre tot i ser un exemplar datat l'any 1548. Les rigoroses instruccions en feien una valuosa propietat. Carles Agulló va començar a sospitar que hi pogués haver una bona raó per executar una fèrria protecció del llibre. Tenia la intuïció que la història del seu avi i el llibre d'Islàndia, el *Heimr myrkr*, estaven relacionats.

Després d'un examen minuciós, Carles Agulló va detectar una anomalia a la coberta posterior del llibre, la guarda interior unida a la tapa tenia un ordit rugós, com si al seu interior hi hagués una altra capa de paper. Amb delicadesa va separar la guarda de la tapa i va extreure un pergamí de la mida d'una quartilla.

A Carles Agulló li va envair una estranya sensació, la mà que subjectava el paper apergaminat li tremolava.

Havia descobert probablement el motiu pel qual els seus avantpassats preservaven l'antic exemplar d'Ambrosius Catharinus. Envaït per l'emoció, va llegir el text de la quartilla. Estava escrit en castellà.

«Si acaso debierais por necesidad o infortunio o por la muerte de quien custodia el secreto, debéis recordar herederos del mismo, estas vagas reseñas os han de llevar al lugar donde fue enterrado».

«Al hallarlo debéis fundirlo al fuego para que no sea usado en manos del diablo. Deshaceos de tan infinito mal es promesa a Dios y a quienes lo custodiaron.

Entre el agua y el cielo, frontera con el infierno».

«media lux illuminat viam
rupem castellum nomine espatellam
ad radices abyssi»

Al peu del text, pulcrament escrit en una bellíssima cal·ligrafia, figurava el nom de qui ho havia escrit i la data. Fra Llorenç, 1557.

Carles Agulló va deixar el paper sobre la taula, va tancar els ulls un instant buscant a la memòria una explicació plausible. Va recordar les notes que va prendre al seu viatge a Islàndia dels fragments de l'*Heimr myrkr*. Va intentar rememorar la història que li explicava sent nen, el seu avi i allò que li deia. «Ja no ets tant nen perquè m'atenguis i escoltis el que et contaré». Ho repetia cada cop que li narrava aquella història, com si Anton Agulló volgués inculcar-se-la fins a la medul·la.

«Els secrets que amaga l'ànima no els divulga el cor», li deia el seu avi. La història sempre era la mateixa, li relatava l'existència d'un llibre màgic on contenia mons perduts —Carles sempre va creure que eren contes fantàstics, mons imaginaris. Al seu avi li agradava llegir les obres del filòleg i escriptor britànic J.R .R Tolkien.

Anton Agulló era un home culte que parlava, llegia i escrivia a la perfecció l'anglès i el francès, idiomes amb els quals es desenvolupava en les transaccions del negoci familiar. En els seus viatges a Anglaterra es portava les edicions en anglès de J. R. R. Tolkien, gairebé recentment editada l'obra a mitjan de la dècada dels cinquanta del segle passat, vint-i-tres anys després s'editarien a Espanya.

Un llibre de mons perduts que Carles Agulló, durant anys, no va poder trobar mai a la vasta biblioteca familiar. Al principi va pensar que el llibre d'Ambrosius Catharinus contenia aquests mons perduts, però aviat es va adonar que no existia cap món a les seves pàgines; així i tot, el seu avi insistia que el tractat religiós tenia, d'alguna manera, connexió amb el *Heimr myrkr*, encara que mai no li va dir explícitament.

Carles no entenia el missatge de fra Llorenç, calia fondre alguna cosa enterrada?

«En trobar-lo heu de fondre'l al foc perquè no sigui usat en mans del diable»

El què? Què era allò en mans del diable? Potser ja no tenia sentit, ni el missatge, ni allò que estigués enterrat. Havien transcorregut més de quatre-cents cinquanta anys.

Carles Agulló feia uns dies que estava amb un mal estar a sobre, cansament, mals de cap. El cúmul d'afeccions li passava una factura dolorosa. Va optar per

la decisió que va creure més encertada. Va copiar al
revers del pergamí els fragments que havia copiat alhora
de les restes del *Heimr myrkr* al museu d'Eyrarbakki, ho
va fer amb tinta negra i amb la millor cal·ligrafia que va
saber fer i va tornar a guardar el paper apergaminat a
l'interior de la guarda posterior del llibre.

Capítol.18
El viatge

Segismundo va treure el cap pel Portal del Roser, un accés obert a la muralla romana durant l'època medieval per facilitar l'entrada a la ciutat des de l'oest. El sol a primera hora del matí banyava amb un vel daurat la part alta de la ciutat de Tarragona i en bona part la Via de l'Imperi Romà, on esperava pacientment Eudald Claramunt davant del portal, a pocs metres del pàrquing públic on tenia el cotxe. Per davant els esperaven una mica més de dues hores de viatge fins a l'ermita de la Pertusa al cor de la serra del Montsec, just a l'inici d'un dels congostos més impressionants del Prepirineu, el congost de Mont-rebei que travessa la serra i per on discorre el riu Noguera Ribagorçana. Una immensa esquerda de parets verticals que divideix Aragó i Catalunya, una frontera natural que s'obre al sud en un amfiteatre de penya-segats impressionants.

La petita població de Corçà, situada als peus de la serra del Montsec, els va rebre sota un sol justicier, el mes de juliol es feia notar com a ferro candent a la vall d'Àger. Segismundo i Eudald van deixar el vehicle a l'entrada de la població, un grapat de cases a l'abric d'un penyal rocós, al cim del qual descansaven, sota la calor dels estius tòrrids i els rigorosos freds d'hivern, les restes moribundes del castell de Corçà, edificat al segle XI. Tot just quedava dret un mur perimetral incapaç de defensar la trentena d'habitants del poble medieval.

—Ja no queda res del castell, els seus pocs vestigis gairebé no són testimoni del que va ser en un altre temps, una fortalesa enclavada en un lloc estratègic —va comentar un veí a la seva esquena.

Segimon i Eudald contemplaven les ruïnes per sobre de les cases del poble.

—La història s'hauria de cuidar més del que fem, encara que ara vegem aquestes restes com una ruïna, abans van tenir un passat esplendorós i, en alguns casos, una enorme importància i decisiva influència sobre el territori —va argumentar Segismundo.

—Aquesta fortalesa la va tenir —va corroborar el veí—. És un edifici declarat bé cultural d'interès nacional, però això a qui ens governen els importa una merda. Només són ruïnes als ulls.

—La cultura i la història van de bracet. Són les nostres senyes d'identitat —va replicar l'Eudald.

—Per cert, em dic Ramon Alòs, pedani d'aquesta Cort —va fer broma—. Agricultor i soci d'un petit negoci familiar, una casa rural—va concretar.

—Eudald, arqueòleg —es va presentar.

—Segismundo, un nom poc corrent, historiador —va secundar Ulloa.

—I a què és degut l'honor de la visita a Corçà?

Segismundo es va avançar al seu company.

—Estem fent un treball de camp sobre les ermites del Montsec —va mentir—, que no són poques.

Ramon Alòs va fer una picada d'ullet de satisfacció.

—Bé, almenys algú es preocupa per la nostra història —va dir esbossant un somriure—, això els portarà temps.

—Només tenim aquest mes de juliol per prospectar ermites. El projecte el vam iniciar l'any passat i gairebé s'ha acabat —Segismundo va continuar amb la farsa de les ermites.

Eudald el va mirar desconcertat, amb escepticisme. Va témer que la incertesa fes vacil·lar el vell professor. Per uns moments va pensar intervenir-hi.

—Potser jo els puc ajudar —va proposar Ramon Alòs.

—Seria d'agrair —digué l'Eudald.

Ramon els va convidar que l'acompanyessin.

—Tinc la clau de l'ermità —els va informar—. Una altra joia que qualsevol dia se'ns desplomarà —va dir al seu pas per davant de l'església—. Porta tancada uns quants anys, ni tan sols podem celebrar un trist enterrament. L'església de la Mare de Déu del Roser necessita una bona injecció econòmica, aquella que mai no arriba, i menys a racons com aquest —es va lamentar en Ramon—. És competència de la diòcesi de Lleida, d'altres que tal ballen. Una joia del segle XVIII —va puntualitzar—. I com aquesta, hi ha altres temples escampats pel contorn d'Àger en les mateixes condicions. Tant de bo la seva feina contribueixi perquè els restaurin —va anhelar Ramon Alòs gairebé amb desesperació.

Segismundo va guardar silenci. Va sentir culpabilitat per mentir i aquesta mentida l'arrossegués al fons de l'infinit món dels mentiders. Li cremava la consciència, però no es va atrevir a desmentir ni desmuntar el fals estudi sobre les ermites.

—La Pertusa és a un parell de quilòmetres, sortint del poble a mà esquerra. No deixeu la pista asfaltada, ni es desviïn. Hi ha indicadors, no tenen cap pèrdua. Els agradarà, es troba en un lloc molt pintoresc —els va informar en Ramon—. Aquí teniu la clau de l'ermita —se la va lliurar—. Espero que facin una bona feina —va demanar Ramon Alòs convençut de la professionalitat dels dos estudiosos.

—Veurem què podem fer —va respondre l'Eudald ocultant el seu malestar darrere d'un somriure—. Us agraïm la vostra amable ajuda.

—Si es queden, poden menjar a l'únic restaurant que hi ha al poble, al final del carrer, a l'entrada —va suggerir en Ramon, el pedani.

—És possible que ens quedem un parell de dies —va afirmar Segismundo.

—Aleshores els puc oferir una habitació. Tenim la casa rural plena, temporada alta —va admetre—, però es poden quedar a casa meva.

—Massa molèsties, senyor Alòs —es va disculpar l'Eudald.

—De cap manera. L'altra solució és anar fins a Àger, allà potser trobin allotjament, encara que en aquestes dates ho veig difícil —va advertir el pedani—, entre els turistes i els parapentistes, serà tan impossible com buscar una agulla en un paller.

—Ens quedem la seva habitació —va intervenir en Segismundo.

Capítol. 19
La prospecció

El primer contacte amb l'entorn de l'ermita de la Pertusa va ser una irrupció, un assalt als sentits que va envair de llum i color les pupil·les. Davant seu, al final de la pista asfaltada, irrompia un paisatge a cel obert de grisos, verds i blaus celestes. L'embassament de Canelles pressionava les aigües del riu Noguera Ribagorçana als peus de l'espadanya rocosa on s'alçava, majestuosa, l'ermita de la Pertusa, enclavada al cim de la penya. Els seus carreus daurats destacaven sobre el verd maragda de les aigües sota un cel impol·lut de núvols, immaculat, immensament blau.

—Déu meu!! —va exclamar Segismundo Ulloa.

—Vaig pensar que era ateu —va fer broma l'Eudald.

—Més aviat agnòstic —va respondre el vell professor.

Van baixar per un marcat corriol que, encara que de difícil accés, es podien travessar els obstacles naturals, sortints rocosos i una enrevessada vegetació. Davant del santuari, mitja dotzena d'esglaons conduïen fins a la porta d'arc de mig punt, la porta de fusta flanquejava l'entrada al petit temple de l'ermita romànica.

El professor d'història, Ulloa, va introduir la clau al vell pany. A la segona volta va fer cedir un forrellat rovellat que va ressonar a l'interior de l'ermita, l'estructura de la qual es componia d'una sola nau, coberta amb una volta de canó de perfil semicircular i rematada, a llevant, per un absis semicircular prescindit d'un estret arc presbiteral que, com la volta absidal, arrencava d'una imposta bisellada. Al centre de l'absis hi havia una finestra acampanada, i una altra igual al mur nord. L'estructura de la nau era de carreu sense polir, disposat en filades irregulars i els arcs de les portes estaven resolts amb dovelles de pedra tosca i sense cap mena d'ornamentació a les façanes que eren completament llises.

El contrallum del sol, que entrava per la finestra central, deixava entreveure un vel de pols blava que flotava a l'ambient a la feble penombra de l'interior de la nau. Una verge sobre l'altar reduït envoltada de flors de plàstic i vetlladores d'església convivia amb la solitud de l'edificació.

—Diuen que encendre una espelma en una església és un signe tangible de fe —va murmurar Segismundo Ulloa.

—Ens caldrà. Què busquem? —va replicar l'Eudald.

Ulloa no semblava convençut de res. Observava vacil·lant cada contorn de la nau. No tenia intenció d'emmascarar la desconfiança que li produïa el fet de no saber on començar. A jutjar per la seva actitud estava tan perdut com el còmplice d'aventura, l'arqueòleg.

—Haurà portat el llibre?

—No! És massa arriscat portar el llibre damunt.

—Arriscat?, no entenc què vol dir.

—Vull dir que és arriscat, això és el que vull dir —va replicar Ulloa—. No em puc permetre el luxe de perdre aquest llibre. El llibre només és el contenidor del missatge —va dir—. He portat una fotocòpia dels textos del pergamí —va acabar dient.

—Aquí no hi ha res —va admetre Eudald després d'haver resseguit minuciosament cada racó de l'ermita —. Com el seu misteriós llibre no estigui ficat dins d'aquests murs... —va assenyalar les parets—, a l'exterior d'ells no hi ha absolutament res—va remugar Eudald.

El professor es va treure de la butxaca el plec de paper i el va estendre a una cantonada de l'altar.

«Si acaso debierais por necesidad o infortunio o por la muerte de quien custodia el secreto, debéis recordar herederos del mismo, estas vagas reseñas os han de llevar al lugar donde fue enterrado».

«Al hallarlo debéis fundirlo al fuego para que no sea usado en manos del diablo. Deshaceos de tan infinito mal es promesa a Dios y a quienes lo custodiaron.
Entre el agua y el cielo, frontera con el infierno».

«media lux illuminat viam
rupem castellum nomine espatellam
ad radices abyssi»

—No sé quin és el seu significat, però és clar que vol dir alguna cosa. És un missatge, no tinc cap dubte —va dir el professor d'història.
—Si és aquí, aquest lloc serà com una caixa forta.

L'Eudald vivia als seus quaranta-tres anys una experiència tan estranya i escèptica com no s'havia imaginat mai. Com a professional de l'arqueologia, Eudald havia desenterrat la història de l'ésser humà, les restes, els ossos, els teixits, la ceràmica, les eines, i havia estudiat les característiques del paisatge i les construccions contemporànies al seu temps. Però ara semblava estar ficat en una detectivesca aventura d'*Indiana Jones*, a la recerca d'un llibre de mons foscos amb un arcaic nom a l'antiga llengua nòrdica. Aquí no havia d'excavar res, o això va deduir, només trobar la combinació perfecta per obrir la pretèrita caixa forta que algú va tancar a l'interior d'aquell santuari a la vora de fronteres i precipicis.

—Aquestes vagues ressenyes us han de portar al lloc on va ser enterrat... —Eudald va passar els dits sobre el text del paper—. Se suposa que el que busquem és enterrat en algun lloc d'aquest recinte.

—Enterrat... soterrar, tapar, amagar, ocultar, cobrir —mentre deixava anar el reguitzell de sinònims Ulloa resseguia amb la mirada al voltant de l'altar reconstruït d'obra.

Les pedres nues dels carreus de l'interior de l'ermita havien estat arrebossats amb calç, les parets, ara escrostonades, deixaven entreveure la maçoneria original. L'arrebossat posteriorment havia estat pintat d'un color blau violeta clar, que li donava un aspecte més celestial, però, per contra, desvirtuava el carreu de les parets i les dovelles.

Segismundo Ulloa es trobava en una complicada cruïlla, perdut en un mental desert de dubtes, les idees confuses li atordien la ment. Va sortir al llindar de la porta de l'ermita i va contemplar, a la llunyania, el congost de Mont-Rebei i l'ampla llengua turquesa del riu Noguera Ribagorçana. Va encendre una cigarreta i va exhalar el fum que va emergir de la seva boca dibuixant un nuvolet fugaç que es va esvair a l'aire.

—No sabia que fumava.

—La solitud et fa adquirir vicis indesitjats. En el meu cas, m'he passat mitja vida sol, exercir aquí i allà al final amic meu passa factura, cregui'm.

—Sempre va estar sol?

—No sempre. Vaig estar casat. Suposo que vaig dedicar més temps de la feina que no pas a la vida social i familiar. I vostè? —va preguntar Segismundo.

—No, que no estic casat em refereixo —va dir—. He tingut els meus llançaments amorosos amb gentils dames. Soc un romàntic èpic, però no una persona de compromisos —va admetre Eudald ajustant-se les ulleres rodones sobre el nas. Va esbossar un somriure picaresc.

—Com molta gent suposo —va dir Ulloa.

—El meu cas és a part —Eudald va seguir amb el seu somriure, mostrant la seva dentadura gairebé de cromanyó.

Als ulls del professor es reflectien els contorns del paisatge sota el cel blau.

—Dinarem. El Ramon ens va parlar d'Àger, ha de tenir el seu encant. Podríem acostar-nos aquesta tarda, fer una mica de turisme per airejar-nos i aclarir idees —va suggerir—. Ja que som aquí aprofitem el viatge. Demà decidim que fer.

—A mi em sembla perfecte —va corroborar l'Eudald.

Capítol. 20
Àger

El conglomerat de cases, que antany van estar protegides a l'interior d'una muralla, s'estenien sota la falda del conjunt monumental de Sant Pere amb la majestuosa Col·legiata i el castell, barreja de dos estils, romànic i neogòtic. Les restes d'aquest conjunt arquitectònic estaven situades al punt més alt de la població. Una impressionant construcció duta a terme entre els segles XI i XV.

—No m'imaginava una obra tan colossal —va murmurar Ulloa meravellat.

—Sabia de la seva existència, però no vaig venir mai per aquestes terres —va dir l'Eudald Claramunt.

Durant un parell d'hores van deambular per l'interior de la Col·legiata i el castell. Van caminar pels carrers del nucli urbà i van acabar en un bar del carrer de la Font.

Eudald va revisar les fotografies que havia fet amb el mòbil de l'altiu edifici fortalesa. En tot just una hora recorrent l'edificació, havia capturat gairebé un centenar d'imatges. Es va aturar en una fotografia que li cridà l'atenció, la va ampliar i es va quedar uns instants observant-la, després se la va mostrar a Segismundo.

—Potser no és res —va dir—. Abans d'entrar al temple, vaig fer aquesta fotografia de la porta d'entrada al pòrtic tancat o galilea, on es veuen les restes del claustre i l'accés a la cripta.

—És una clau, les claus de sant Pere. La clau és la dovella central d'un arc o d'una volta. Sol ser de dimensions més grans que les altres dovelles, i sovint està decorada per raons estètiques. Què vol dir? —va preguntar Ulloa.

—La clau, igual que les dovelles, se sustenta a causa de la seva forma, les cares laterals estan tallades en angle, transmeten lateralment part de les tensions d'un arc o volta, equilibrant la força per evitar que es desplomin sota una càrrega vertical. La tensió horitzontal de la dovella inferior es transmet al mur o, a un altre arc, i la vertical al mur o, a un pilar. L'última peça que es col·loca a la construcció d'un arc sempre és la clau —va explicar l'Eudald.

—A l'interior i l'exterior de l'ermita hi ha diversos arcs de pedra —va assenyalar Segismundo Ulloa.

—Hem de cercar una clau. A totes les construccions arquitectòniques hi ha una clau —va remarcar Eudald —. És possible que sigui un indici, la pista que busquem.

En sortir al carrer van observar, al perfil de la serra del Montsec, uns ocells enormes sobrevolant la vall. Les ales delta dels homes ocell, solcaven el cel aprofitant els darrers corrents tèrmics. El Montsec i Àger eren el paradís del parapent.

Abans que el crepuscle tenyís de vels safranats la ratlla de l'horitzó, van abandonar Àger per tornar al petit poble de Corçà. El primer dia havia acabat sense més ni més. Unes expectatives que s'havien evaporat com les primeres boires de l'alba. I disposats a començar amb noves esperances l'endemà, les que havien posat a la recerca d'una clau que probablement ni existia.

Capítol. 21
Entre l'aigua i el cel

Van deixar el vehicle al costat dels panells informatius, al final de la pista asfaltada. A les vuit del matí no hi havia ni excursionistes, ni turistes rondant prop de l'ermita. Quan es disposaven a baixar pel sender, a la seva esquena, van escoltar una veu que Segismundo Ulloa va creure recordar.

—El que busquen no és un llibre —va murmurar la veu darrere seu.

Segismundo va recordar aquella veu gairebé immediatament, era peculiar i difícil d'oblidar. Va sentir un fred que li va posar la pell de gallina, aquell personatge, sense saber-ne la raó exacta, li produïa certa adversitat.

Es va girar per comprovar que la seva intuïció no li fallava.

—Vostè!?

Un noi de trenta-tants anys, amb el cap cobert amb la caputxa d'una dessuadora de motorista, els mirava des de la petita esplanada on havien aparcat el vehicle. La seva cara amb prou feines era visible sota la caputxa de la fosca dessuadora.

—Espero que trobin el que busquen.

—Ha dit que no és un llibre? —va preguntar l'Eudald.

Segismundo va tornar darrere els seus passos fins a arribar a l'alçada de l'encaputxat.

—Ulloa, no ho faci! —va escridassar l'Eudald.

Segismundo va treure de la butxaca la fotocòpia del paper apergaminat. Se la va mostrar a l'estrany.

Va deixar el paper sobre el capó del cotxe i amb el dit índex va colpejar diverses vegades sobre ell.

—Què estem buscant? —li va llançar sense més ni més Ulloa.

El jove va aixecar el cap. Tenia els ulls com l'ambre i la mirada fosca. Era el mateix home que va veure a tocar del riu a Tortosa, la seva barba negra i blanca era inconfusible.

L'encaputxat va llegir el text sense perdre'n cap detall. El seu rostre anava adquirint un aspecte més relaxat, les seves faccions es van destensar. Conforme llegia cada paràgraf, anava acariciant les línies cal·ligràfiques de fra Llorenç. Quan va acabar la seva lectura va apartar la mirada del paper i la va clavar als ulls de Segismundo.

—No soc un diable —va adduir.

—Què hi ha allà!? -Ulloa va assenyalar l'ermita.

—La clau per alliberar el meu repòs absolut. Deixar d'estar entre l'aigua i el cel. Poder travessar aquesta frontera i abandonar el maleït infern —va dir sense apartar la mirada d'Ulloa, que estava clavat com una estàtua de sal.

—Què hi ha? —va repetir Segismundo Ulloa.

—Un anell —va corroborar.

Eudald es va acostar.

—És el mateix anell de què em va parlar? —va preguntar a Ulloa.

El vell professor no sabia què dir. Mai no s'hauria imaginat que el misteriós anell del qual va sentir parlar per primera vegada a Islàndia, estava tan a prop seu. En aquesta ermita!

A més de quatre mil sis-cents quilòmetres d'Eyrarbakki!!

Es va passar la mà pel cap, sentia un lleu mareig que aviat li va passar.

—Suposo—només va dir.

Eudald Claramunt es va encarar amb l'encaputxat.

—Què passa amb aquest anell?

—És una esfera armil·lar. Un anell astronòmic utilitzat a l'antiguitat i de manera singular a l'edat mitjana per a la determinació de la posició dels cossos celestes —va dir el jove encaputxat—. Aquest anell en particular, a més, posiciona altres mons paral·lels que existeixen a l'univers i obre els passos per on creuar-los.

—Obre els passos? —Eudald no podia donar crèdit el que escoltava.

Ulloa va sospesar les paraules d'aquell enigmàtic personatge i la teoria rocambolesca que els estava explicant.

—De quins altres mons parla?

—Segons l'orientació dels anells o braçalets, és un mecanisme complex —va advertir—, es posicionen els astres. Cada anell compleix una funció determinada i representen els punts cardinals. Graduats correctament sota un portal d'energia es traspassa a l'espai-temps. Aquests portals enèrgics ocasionen una dilatació del temps i els objectes i les persones sota la seva influència travessen el llindar a altres mons. N'hi ha molts, però només nou són els més coneguts. I un és el meu —va postil·lar l'encaputxat.

—Ens està prenent el pèl?, oi? —el vell professor no va amagar el seu escepticisme més visceral.

—Aquests portals, on són? Què són? —va voler saber Eudald.

—En absolut. Vostès ara en diuen física quàntica o teoria quàntica de camps, o alguna cosa així —va dir confonent els termes—. Hi ha portals a tot el planeta, són de pedra i cadascú absorbeix l'energia que passa a través d'ells de forma diferent, depenent del lloc on estiguin ubicats.

—I l'anell obre aquests portals? —va suggerir Ulloa.

—Ja els he dit que és la clau, però cal el pany.

—Quin pany?

—El llibre —va afirmar el personatge de la caputxa.

—No tinc cap llibre —va replicar Segismundo Ulloa.

—Em consta que no. I no em refereixo al tractat d'Ambrosius Catharinus.

—Es refereix a l'*Heimr myrkr*? És impossible!

—Hi ha anotats tots els portals de la Terra, amb les instruccions per activar-los amb l'anell.

Tots dos van emmudir davant d'aquesta afirmació.

—Del llibre, si va existir, ja no en queda res. Només uns fragments. No en queda res de l'*Heimr myrkr*. Li ho puc assegurar —va afirmar Ulloa—. He buscat aquest llibre durant anys.

L'encaputxat li va llançar un somriure sense maldat.

—Els fragments corresponen a una grollera còpia adulterada transcrita l'any 1338 —va afirmar sense mostrar cap dubte—. L'original es conserva a les profunditats d'una caverna, en un bosc medieval envoltat de muntanyes de foc extintes.

—Com està tan segur? —Eudald va sorprendre.

—Jo mateix ho vaig dipositar allà —manifestar.

L'encaputxat va fer uns passos endavant, deixant caure la mirada cap a les aigües canalitzades com una gemma celeste entre muntanyes.

—El món des de temps remots sempre ha estat ciència. Abans en deien bruixeria, coses del diable o de déu, depenent de la fe de cadascun dels jutges o botxins. Vostès li van afegir *ficció* per explicar el fet inexplicable.

—Com sap que l'anell es troba aquí? —va preguntar l'Eudald.

—És evident. No sé com, però van trobar el lloc i... sembla que també les instruccions.

El jove encaputxat va retrocedir allunyant-se dels dos homes, que continuaven inerts, com els suports que subjectaven els panells informatius de l'ermita a la seva esquena.

—Trobin l'anell —els va suggerir—. El llibre és cosa meva.

Tots dos seguien sense reaccionar.

—El meu nom és Einar Gísli —va dir.

Després els va llançar una pregunta.

—Creuen en l'eterna joventut?

—No crec en les utopies, senyor Gísli —va replicar Ulloa.

—Deuria. Tot està relacionat.

Les darreres paraules els van deixar perplexos.

Capítol. 22
Profanant la foscor

El bosc havia deixat de ser medieval feia segles, només quedaven d'aquells orígens els pobles i les cases de pedra, disseminats per les terres negres i vermelles que van sorgir de les entranyes de la Terra. Einar feia molt de temps que no havia tornat a trepitjar el bosc medieval, tant que la vegetació i l'erosió havien esborrat tot vestigi del qual fou abans. Aquest territori era ben conegut per Einar, ho va ser dels seus avantpassats. Encara que a la memòria tingués gravat cada plec del terreny, cada promontori, cada escarpat rocós o barranc, va tenir dificultats per situar-se a l'interior d'aquell paisatge abrupte.

Einar va trobar els graons de pedra, encara estaven conservats. Va alçar la vista entre el brancatge dels arbres, el santuari no només continuava dret, havia estat restaurat. El castell va córrer pitjor sort, únicament quedava mitja torre dreta, la resta dels murs escampats entre el bosc havien anul·lat tota existència anterior. Va mirar amb tristesa els toscos carreus de pedra, havien perdut la seva raó de ser, els segles van esfondrar la seva posició defensiva i ara agonitzaven sota el boscatge i les molses.

Einar creuar una zona abrupta amb enormes faigs, va vorejar un petit rierol i es va internar a la fondària, sota un bosc espès d'alzines. Va avançar enmig d'un silenci infernal fins al més profund del bosc, l'escassa llum del sol que penetrava a través de les copes dels arbres l'impregnava amb una boira lluminosa, transparent com una làmina d'or.

Va caminar perdut intentant localitzar l'entrada de la cova.

Les seves pulsacions es van alterar. No la trobava!

A la vora del col·lapse, finalment va entreveure un estret orifici sota un pany paret rocosa. La boca de la cova estava obstruïda per la vegetació. Va avançar uns passos, aquesta vegada no era una torxa la que profanava la foscor de la gruta, aquesta vegada Einar portava a la mà una llanterna. Va trobar obstacles al seu pas i esfondraments parcials de la cavitat. No van ser impediment per penetrar a les profunditats subterrànies de la caverna. A mesura que avançava recordava els racons de la galeria. Els ulls ambre d'Einar Gísli reflectien la tènue llum blavosa de la llanterna en rebotar contra les parets.

Einar va somriure. Era un somriure triomfal.

Va reconèixer la sala on havia emparedat el llibre, no sabia si l'*Heimr myrkr* continuava viu. El seu cor va fer un tomb quan li va assaltar un pensament, «potser el llibre hagi sucumbit a la rovellada de la humita*t*».

Va observar amb preocupació la zona del forat per on entrava un feix de llum solar. Es trobava comple-tament obstruït, encegat! Va tocar amb el palmell de la mà la paret. No estava humida, no almenys gaire. Amb

els dits va buscar algun possible relleu, va recordar que
no va deixar cap marca visible. D'una motxilla va treure
una piqueta i va començar a excavar el mur de pedra.

Capítol. 23
ad radices abyssi

Al mur exterior de ponent hi havia senyals d'una portada encegada amb un arc de mig punt. La dovella sobre l'arc era rústica i poc treballada, no tenia cap relleu. Tampoc la dovella de l'arc de la porta d'accés al temple, encara que estava més ben tallada. Ni als arcs de les finestres.

—Potser a dins trobem una clau —va murmurar l'Eudald—. A jutjar per l'estructura sembla que l'ermita va viure diverses fases de remodelació, una més tosca, segurament a la segona meitat del segle XI, i l'altra més elaborada, amb un millor tallat dels carreus, encara que continuen sent rudimentaris, probablement obrats a la primera meitat del segle XII.

—Potser aquestes reformes fossin a causa del mal estat de l'ermita. Aquí el clima és dur, sobretot en èpoques de més fred —va admetre Segismundo Ulloa.

—Cap carreu no té la marca dels picapedrers propis de l'època —va observar l'Eudald—. L'absis és amb diferència el millor elaborat i amb carreus més semblants.

Segismundo va contemplar abstret la magnitud d'aquella senzilla però superba construcció a la vora del precipici, desafiant la vertiginosa caiguda al buit.

—Tot està connectat entre si.

Eudald fascinat per l'estructura d'aquelles pedres, se sentia atret per la senzillesa i la bellesa del lloc.

—He de confessar que és realment un lloc únic. Puc sentir el passat, la màgia, l'energia. Aquest lloc és de llegenda —va dir magnetitzat.

—Parlant de llegendes —intervingué Segismundo—. Diuen que la noia que aconsegueixi introduir el dit petit al forat del pany d'aquesta porta, es casarà aquell mateix any. La Mare de Déu li concedirà el favor de trobar un bon home.

—Això devia ser abans, ara totes les joves tenen els dits petits, els hi cap qualsevol dit de la mà —va somriure l'Eudald.

—Bé, és una llegenda, què esperes?

Tots dos es van posar a riure. Sense més dilació van accedir a l'interior de la nau.

Un lleuger aire fred va bufetejar les cares, a l'ambient es respirava la solitud que a través dels segles havia impregnat cada racó de la nau del santuari. La llum del sol banyava d'or les diminutes motes de pols que flotaven al voltant de l'altar, entrava a raig per la finestra central de l'absis, irradiant un efluvi al voltant de la silueta inerta de la verge sobre la taula de l'eucaristia, entre les flors de plàstic.

Cap dels arcs de l'interior no tenia una clau en relleu, eren dovelles senzilles sense indicis que oferissin pistes indicatives d'amagar alguna cosa. Tant el professor com l'arqueòleg estaven perdent la paciència, la recerca resultava infructuosa. Els segles adormits a les pedres havien esborrat qualsevol grafisme gravat al carreu, qualsevol escletxa. Les reformes posteriors acabarien per erradicar-ho tot.

El professor va extreure de la butxaca el plec de paper, el va estendre a la taula de l'altar.

—A veure, ad *radices abyssi* —va llegir—, al fons de l'abisme. Què significarà?

—Som sobre una espadanya rocosa—va intervenir l'Eudald—. Potser cal buscar als peus del penya-segat, a baix —va indicar.

—Si té raó, estem perduts.

Eudald no va captar la preocupació del professor.

—Em refereixo que potser no és a l'ermita.

—Allà baix hi ha un pantà, on abans no n'hi va haver. El nivell de l'aigua ha crescut, pot estar a diversos metres de profunditat o enterrat al fang, als llots de l'embassament —va aclarir Segismundo.

L'aspecte d'Eudald va canviar radicalment, si el professor tenia raó, era inútil continuar buscant.

—I aquesta altra frase?, *media lux illuminat viam.*

—No ho sé, és una cosa així com... la llum del mig il·lumina el camí. És possible que a la base d'aquest escarpat hi hagués hagut un camí. Si és així, ja no en queda res, tot va sucumbir sota les aigües. Potser hi havia alguna roca que al capvespre rebés la llum del sol abans de caure a l'ocàs —Segismundo ho donava tot per perdut—. Mai no ho sabrem.

Eudald va treure el cap a la finestra darrere de l'altar, des d'ella va contemplar l'esplanada on havien deixat el vehicle. No era l'únic, hi havia més cotxes, i gent fent fotografies de l'ermita.

—No estem sols, comença a venir gent. Hauríem de tancar la porta per dins —va suggerir.

Segismundo es va ajupir a la gatzoneta per mirar la lleixa d'un espai buit quadrat que hi havia a la paret, al costat de l'altar.

—I si estava aquí? —va dir mentre esperava que l'arqueòleg tornés de tancar la porta.

—Suposo que és o era el lloc on es dipositaven les coses per a la celebració de la missa. No crec que estigués guardat allà dins —va adduir Eudald mirant la cel·la de la paret—. Un anell es pot amagar en qualsevol escletxa.

Ara, amb la llum del dia l'interior de la nau va adquirir més lluminositat. Per la cua de l'ull, Eudald va advertir quelcom fora del comú a terra, era una cosa il·lògica sens dubte, una de les lloses, a diferència de la resta, era diferent de les altres. Estava situada darrere de l'altar, sota la finestra de l'absis.

Estava tallada en angle, igual que una dovella!

—I si... —Eudald va passar la mà sobre les ranures, resseguint el seu perfil. Gairebé a l'exterior de la vora central de la dovella hi havia un cercle a penes visible.

—Passi'm la motxilla —va demanar—. La impressió de sòlides i permanència eterna de les pedres és enganyosa. Com tot, es degrada —Eudald va treure de la motxilla un cisell—. La pedra es descompon pel pas dels anys i s'allisa en ser trepitjada durant llargs períodes de temps, creant una pàtina que es forma damunt de la pedra, similar a una crosta, de vegades a causa de la mateixa modificació química de la pedra.

L'arqueòleg va començar a gratar les ranures del contorn de la llosa en forma de dovella.

—Sembla encaixada a terra.

Eudald va continuar la seva tasca pel cercle interior.

—Quan creiem que alguna cosa és perdurable, que no està subjecte als capricis del temps, se sol dir que està «gravat en pedra» —va afegir Segismundo—. No només és una expressió nostra, en anglès, francès i alemany també comparteixen la mateixa idea.

—Les paraules se les emporta el vent, els papers es mullen i es desintegren o es cremen, però la pedra, amic meu, roman —va afegir l'Eudald—. Que sabríem sense els seus missatges enregistrats en elles. Des de les restes de Babilònia fins a les piràmides d'Egipte, des del Taj Mahal fins a Machu Picchu. En totes les cultures ens van deixar els seus missatges als petròglifs trobats a les pedres. Sense aquests gravats i baixos relleus el nostre coneixement seria nul.

Eudald continuava furgant meticulosament els solcs de la pedra. Es va passar el dors de la mà sobre el front per eliminar la suor. A l'exterior la calor començava a ser sufocant, dins de l'ermita els murs actuaven d'aïllant.

—Crec que hi ha una mena de cèrcol dins la ranura— va observar.

El professor es va inclinar, escèptic.

—Què pot ser?

Al cap d'una estona l'esquerda va quedar neta, no sense esforços, l'acumulació de partícules de pedra i pols s'havien incrustat fins a obstruir completament el buit de l'estria.

—És el que m'imaginava —va xiuxiuejar l'Eudald—, sembla una argolla.

—Una argolla?

—Una argolla —va repetir l'Eudald.

Tots dos es van mirar dibuixant un tènue somriure, una ombra d'incertesa va aflorar a les seves ments.

La troballa només podia significar una cosa. Estaven a punt d'esbrinar-ho.

Eudald va aixecar el cap.

—Ara ja no hi entra. Però aquest matí, a primera hora, el sol penetrava per l'obertura de la finestra perforant la penombra de l'altar —va observar.

—És clar!, això és!, «*media lux illuminat viam*»... La llum del mig il·lumina el camí —es va sorprendre Ulloa—. Aquest matí, en una fracció de temps, degué il·luminar la llosa —va deduir—. És la llum del sol sobre la dovella del terra. No feia referència a l'exterior, a la base de l'espadanya rocosa. Concorda amb el paràgraf següent —va deduir—, *ad radices abyssi...* Al fons de l'abisme. Sota la llosa —va apuntar Segismundo Ulloa.

Sense perdre més temps es van disposar a aixecar la rajola. Un cop van poder treure de l'esquerda l'argolla, cosa que no va resultar gens fàcil, van passar un cinturó a través d'ella.

—Amb compte! —va suggerir l'Eudald—. Es pot trencar si la forcem.

Després de diversos intents fallits, finalment van poder elevar del terra uns centímetres la planxa de pedra en forma de dovella.

—Una mica més. Ja gairebé hi és —va encoratjar Segismundo.

Amb meticulosa paciència van aixecar la llosa. Un buf suau d'aire va sortir de l'interior cap a l'ampli espai de la nau, fugint per la finestra.

—Som-hi! —va murmurar l'Eudald, perdent-se al soterrani.

Les petites obertures, uns orificis quadrats al mur de la base de l'absis, deixaven entrar una llum subtil de l'exterior. La sala era una mica més àmplia que la del pis superior on hi havia l'altar. Estava buida. A través dels forats, gairebé encegats per la terra que s'hi acumulava, s'escoltava un lleu xiuxiueig produït per l'airet que es colava pel buit dels carreus.

—Aquí no es veu res. Només hi ha pedres —va murmurar decebut Eudald.

Segimon Ulloa es va quedar uns instants al mig de la sala, totalment perplex. No esperava trobar les parets completament nues. A l'exterior se sentien veus. Excursionistes i turistes buscaven la fotografia perfecta per emportar-se un bon record de l'ermita. Aliens a la presència dels dos homes sumits a les entranyes d'aquell santuari que semblava flotar al paisatge.

Tots dos van donar voltes al voltant de les parets buscant alguna fissura entre els carreus. No van trobar res que els fes pensar que l'anell pogués estar entre aquells murs. Disposats a desistir en l'afany, Segismundo va provar sort buscant al pis de la sala absidal. Va ser llavors quan va detectar a uns trenta centímetres del mur, aquella llosa, les dimensions de la qual eren, amb diferència, més grans que la resta de rajoles. Tots dos van intercanviar una fugaç mirada de notòria satisfacció. Segismundo va trepitjar amb força sobre la rajola. Li va semblar que havia vibrat. Va repetir la mateixa operació. Efectivament, la rajola devia estar encaixada sense argamassa, això significava que podia desplaçar-se. Eudald va ser encara més audaç i va treure de la motxilla un martell.

—És un martell d'escalada, pràctic i útil —va dir l'Eudald.

—Trencarà la pedra? —va preguntar Segismundo incrèdul.

—Només veure si sona a forat —va aclarir—. Sap que va dir John Salathé l'inventor del pitó modern per escalar, «si un bri d'herba pot sortir d'una fissura, no hi ha cap problema a col·locar-hi un clau». Clau i martell van revolucionar el món de l'escalada. No em pregunti si m'agrada escalar. Li tinc pànic a les altures —va acabar dient i va colpejar amb suavitat sobre la llosa de pedra.

—Sona buit! —exclamaren alhora.

Van posar tot el seu afany i força per poder aixecar la pesada làpida de pedra, tasca encara més difícil que l'anterior llosa del pis superior. Era una gruixuda rajola que feia segles que no s'obria. El cisell i el martell van servir per fer palanca, la motxilla va servir per col·locar-la entre els centímetres d'obertura que van aconseguir elevar.

Prenent breus descansos perquè no se'ls sortís l'ànima per la boca, finalment van assolir alçar la quadrada mola de calcària. La trapa de pedra va cedir i va quedar als seus peus un esvoranc angost i fosc pel qual va manar un hàlit humit amb una forta olor de podridura. Tots dos es van emportar la mà al nas i la boca per evitar que aquell alè que emergia de les profunditats no els donés de ple a la cara. Es van tirar enrere i van esperar que el baf invisible s'esvaís a l'aire.

Eudald va obrir la motxilla que era a terra al costat de la bretxa i va treure una llanterna.

—És petita, però ens servirà —va dir dirigint la mirada al forat.

—Previsor. No m'hauria de sorprendre —va respondre Ulloa.

El feix de llum va il·luminar l'interior de la concavitat per on baixaven cap al fons unes escales de pedra llaurades a la paret. El reflector de la llanterna va xocar al corbat mur de les escales de caragol, no deixant veure més enllà dels primers esglaons de l'estreta escala.

—Això es posa interessant —va murmurar Ulloa.

—Al fons de l'abisme —va replicar l'Eudald.

Capítol. 24
Pels segles dels segles

Einar va colpejar la paret temptejant el lloc exacte on havia amagat el *Heimr myrkr*. Cada cop de piqueta ressonava a l'interior de la caverna amb estridència. Els anys i la humitat a l'interior de la sala havien solidificat la calcària. Les estelles de pedra saltaven en totes direccions, era com copejar contra una sòlida roca, però a poc a poc l'osca es feia més gran a mesura que els cops eren més contundents, estellant la paret d'aquell racó de la cova.

Al cap li continuava rondant la possibilitat que, el llibre, hagués sucumbit a la rovellada produïda per la humitat que hagués transcendit a l'interior del forat, on estava dipositat el llibre, i que l'òxid o la floridura hagués acabat corcant les pàgines, com es menja el cardenet els materials com el coure, el bronze o el llautó, cobrint-ho tot d'una pàtina de color blau verd turquesa aferrant-se fins a les entranyes dels seus aliatges.

La sola idea de la desaparició del llibre l'aterria, sense ell, estava completament perdut, atrapat en l'eternitat d'aquest costat del món. Einar va continuar martellejant la paret amb ràbia i impaciència, deixant en cada cop una ferida mortal a la pedra.

Un dels cops va deixar al descobert un fragment de pell que sortia tímidament als plecs del mineral rocós. Va recordar haver entapissat amb pells el buit que havia practicat al pany de paret i posteriorment segellat el forat amb el llibre al seu interior. Einar va continuar esmicolant el mur cavernós fins que per fi va poder entreveure uns girons de pell. Einar afluixar la seva fúria i deixar de copejar amb força per anar retallant, furgant, el forat encegat des de temps remots, tants com segles va estar el *Heimr myrkr* enterrat en aquell sepulcre.

Einar va sostreure amb molta cura el llibre embolicat en pells, semblava estar intacte malgrat el temps transcorregut. Va separar els parracs de pell de l'exemplar i va respirar alleujat. No semblava haver patit danys, estava en perfectes condicions. Les pells i la poca humitat a la roca van conservar el manuscrit.

Va aprofitar els girons de pell per embolicar de nou el llibre i el va guardar a la motxilla. Quan va guanyar la llum, a l'exterior de la cova, el bosc estava en penombres, el sol es rendia en braços del crepuscle. S'havia d'afanyar a sortir de la frondositat de l'embrollada arbreda i creuar el boscatge de fulles perennes i caducifòlies que, amb les seves opaques copes, engolien la poca llum que arribava a terra. Va accelerar el pas, les sendes sota el fullatge li eren familiars, era el mateix camí que poques hores abans havia transitat i ara li tocava desfer. Ni el santuari, ni el castell no es podia percebre sota les ombres de l'antic bosc medieval. Només l'albir de la silueta del cenobi al capdamunt de la penya, va revelar que no estava gaire lluny de sortir del bosc. Es trobava prop del poble de cases i carrers empedrats, en un altre temps feu de nobles, barons i marquesos, a l'edat mitjana.

Capítol. 25
El llòbrec alè del passat

En desplaçar-la, van quedar al descobert, uns esglaons de pedra que baixaven perdent-se a la foscor. Els esglaons costeruts anaven baixant, retorçant-se com la figura geomètrica d'una hèlix. Tots dos van començar a baixar per la cavitat cilíndrica, guiats pel feix de llum de la llanterna. L'efluvi que rajava des de les profunditats era ranci, feia pudor de descomposició.

El descens pels graons era com el moviment helicoidal girant al voltant d'un eix, semblant al d'una broca perforant un material determinat. A mesura que descendien la pudor era més pronunciada, idèntica a la que desprenen les aigües fecals.

Eudald encapçalava el descens, darrere seu Segismundo es cobria la boca amb un mocador. Cada esglaó que baixaven ho havien de fer amb precaució, la floridura incrustada a la pedra resultava, en alguns trams, esmunyedissa. L'absència de teranyines als murs corbats delatava la inhòspita severitat del lloc. De tant en tant, Ulloa prenia l'encenedor per comprovar si hi havia la presència d'òxid de carboni o metà a l'ambient.

—M'estic marejant de tant fer voltes —es va queixar l'Eudald—. No s'acaba mai.

—Aquesta obra d'enginyeria és pròpia de titans.

Segismundo començava a notar l'angoixa transitant des de l'estómac fins a la gola.

—Els castells i les construccions afins, com ara ermites, esglésies i monestirs, foren construïts per grans mestres —va comentar l'Eudald—. L'ermita que tenim sobre els nostres caps i el que queda de la torre-castell va ser un emplaçament defensiu religiós-militar. Aquest fossat forma part de l'estratègia defensiva. Segur que arriba al riu, bé per fugir o pujar sense ser vistos.

El silenci, com la foscor, només foradada per la llum de la llanterna, era cada vegada més gran a mesura que descendien. A Segismundo se'l ficava pels conductes nasals i ascendia fins al cervell aquella pestilència. Gairebé no podia suportar-la.

—Amb compte —va dir l'Eudald que va ser el primer a arribar al fons del soterrani profund.

La llum va delatar un vel de vapor fètid que flotava a l'ambient. La tenebrositat del subsol s'acreixia més amb la presència d'aigua nauseabunda, segurament per les filtracions de les aigües de l'embassament. La sala on acabaven els graons era una mena de cripta.

—I ara què? —preguntar Segismundo.

Eudald va temptejar la profunditat submergint el peu a l'aigua.

—M'arriba a mig panxell.

Va enfocar cap a un lateral de la sala. De la superfície de les aigües fètides sobresortia la boca d'una cisterna de parets quadrades que s'elevaven dos pams sobre l'aigua. Eudald va avançar cap a ella. Observar que l'embocadura estava segellada per una llosa de pedra fina.

Per cerciorar-se, l'Eudald va passar el feix de llum
per tota la paret del recinte. No hi havia indicis de forats
o rajoles als murs.

—Ajudeu-me a aixecar aquesta tapadora —va
demanar.

Segismundo va seguir els passos del seu company
fins a situar-se al seu costat. Tots dos van desplaçar la
làmina de pedra i la van dipositar en un lateral del pou.

Eudald va il·luminar l'interior de la cisterna.

Capítol. 26
Des de la nit dels temps

Feia tant de temps que s'havia quedat atrapat a l'origen del món de la seva mare, que la sola idea de pensar a quin dels nou restants mons havia de tornar, li produïa un fred glacial, un calfred d'horror. Aquests mons únicament existien al *Heimr myrkr*. No tenien res a veure amb els nou mons de la mitologia nòrdica, ni amb el regne d'*Hades* de la mitologia grega, el regne de l'ombrívola morada dels morts, on les ànimes dels difunts creuaven la llacuna d'Estígia per arribar a l'inframon. La llacuna convertia invulnerable qualsevol part del cos que se submergís a les seves gèlides aigües.

Einar Gísli no havia estat a tots els mons de l'*Heimr myrkr*, on en un d'ells, es va quedar en cos i ànima la seva estimada mare, el mateix món del qual va tornar al que ara estava. Ni va estar en cap dels mons idealitzats a les mitologies nòrdica o grega. Els nou mons coneguts de l'*Heimr myrkr* eren llocs paral·lels, reals i distants al món que es trobava. Sabia de l'existència d'infinits mons paral·lels més enllà dels nou i Einar els desconeixia completament, ignorava com eren, només era conscient del que va provenir, el mateix que li va concedir l'eternitat de la seva existència. Les seves mans van tremolar lleument subjectant el llibre. Un volàtil desig va creuar fugaç per la seva ment, deixaria de deambular errant.

Els segles transcorreguts havien transformat les societats i la civilització avançava vulnerable entre tants caos. Una societat egoista al llindar de l'ambició. Adherida als béns materials i a un consum atroç, que ho devorava tot. L'evolució humana espedaçava, com un llop afamat, l'objectivitat, convertint el que és just en injustícia.

Einar havia vist amb els seus propis ulls el prodigiós progrés i alhora la immutable metamorfosi sense precedents de l'ésser humà, esclavitzant en nom de la prosperitat la resta de mortals sota la pàtina d'una xacra que convertia els pobres en més pobres i els rics en molt més rics. Estava cansat, abatut i disposat a tornar d'on mai no hauria d'haver vingut.

Einar pretenia concloure el seu dilatat temps, portant-se amb si el secret més gran mai conegut. El *Heimr myrkr* no pertanyia a aquest món, a aquesta civilització del segle XXI, ni ell, ni les seves conseqüències. Havia intentat protegir-ne l'existència i el secret separant el llibre de l'anell. Els esdeveniments havien canviat a conseqüència de la perspicàcia de Carles Agulló Quer i la tenacitat de l'historiador Segismundo Ulloa. Ja no tenia sentit arriscar tant si les dues coses queien en mans indegudes. Hi havia la possibilitat que, tant Segismundo Ulloa com Eudald Claramunt, poguessin raonar i convergir en un acord comú entre tots tres. No obstant això, Einar no estava segur de les intencions de l'historiador i l'arqueòleg. Era massa important el descobriment per ignorar-lo o no aprofitar-se'n. Einar no estava disposat a continuar fugint, ocultant-se en les ombres de la seva pròpia identitat.

Mags i bruixes des de la nit dels temps van sembrar al cor dels mortals les més irracionals creences, fruit de la ignorància i les pors. Fins i tot la religió cristiana ha utilitzat en les seves sagrades escriptures, mons paral·lels després de la mort, el cel i l'infern. Però Einar sabia perfectament que aquests mons i tots els que l'home va poder imaginar, no eren res més que vagues divagacions, inspirades en el *Heimr myrkr*, el llibre més anhelat de tots els que es van escriure abans de la invenció de l'escriptura a finals del quart mil·lenni aC, en una altra llengua i en un altre món aliè a aquest.

Capítol. 27
L'anell armil·lar

La projecció de la llum dins del pou va il·luminar una bossa de pell diminuta sobre una pedra que, amb tota seguretat, pertanyia a una peça de maçoneria desestimada en la construcció de l'ermita que tenien sobre els seus caps. Al interior del que s'assemblava a un pou, en realitat era un dipòsit, segurament per guardar objectes o armes. Hi havia aigua a la base, però no aconseguia la superfície de la pedra on estava dipositada la petita bossa. El nivell de l'embassament filtrava les aigües a l'interior de la cavitat subterrània sense arribar a inundar-la completament.

Eudald va sostreure la botgeta de pell, tenia el tacte fi com la badana. Va desfermar el cordó del mateix material que la bosseta i va introduir la mà per treure'n el contingut.

A la llum de la llanterna la brillantor daurada de l'or va centellejar davant dels seus ulls. Tots dos van quedar fascinats per la visió d'aquell cèrcol gruixut que tenia encaixats altres cèrcols al seu interior. Eudald va intentar obrir-los. No ho va poder.

—Quina meravella! —va murmurar Segismundo.

—Hi ha moltes històries al voltant d'un anell, i aquesta n'és una —va afegir l'Eudald.

Van tornar a emplaçar la llosa sobre la boca del dipòsit per segellar-la. Denotaven un estat d'ànim decaigut, l'embriaguesa de l'aire corromput els causava un efecte narcòtic que els afectava temporalment les capacitats físiques i mentals. Sentien una estranya sensació de mareig, possiblement a causa de la barreja de matèria orgànica acumulada a l'interior del subterrani. L'aigua emmagatzemada accelerava el procés de putrefacció i, amb això, la proliferació de gasos com el metà, altament perjudicials per a les persones. En aquell lloc s'allotjava un perill del qual no eren del tot conscients. El seu estat d'excitació causat per la gran emoció de la troballa era un altre factor que calia tenir en compte.

Segismundo va llançar una mirada als esglaons.

—Hem de pujar —va convenir—. Ens queden molts esglaons per pujar.

Capítol. 28
Com l'alè d'un drac

El temps havia transcorregut tan de pressa que cap
dels dos en va tenir noció. Havien passat més de dues
hores des que deixessin l'absis i s'internessin al fons de
l'abisme. Quan van aconseguir assolir l'habitacle sota
l'absis, tots dos van exhalar una alenada d'aire impuri-
ficat acompanyat de tos seca. Emergiren del fosc forat,
pàl·lids com si haguessin sorgit del mateix infern.
L'ambient corromput de les aigües estancades al
subterrani, la commoció de trobar l'anell i la inquietud
per sortir del maleït pou, van torbar els seus estats
emocionals.

Havien demostrat una gran gosadia en explorar les
profunditats del nucli de la vertiginosa espadanya, on
estava enquistada i penjada l'ermita sobre l'estrat rocós,
altiva i sublim, atalaiant l'horitzó com un ocell
rapinyaire.

A la claredat del sol, el gruixut cèrcol d'or adquiria
una bellesa extraordinària, una brillantor sense igual,
única.

—*Aurum*, brillant albada —va murmurar l'Eudald mentre contemplava l'anell prop de l'esquerda de llum que entrava des de l'exterior.

—La tonalitat del color daurat està molt relacionada amb la teoria de la relativitat d'Einstein. Són els anomenats efectes relativistes deguts a les altíssimes energies dels electrons en els seus àtoms —va dir Segismundo—. De fet, l'or no reacciona amb la majoria dels productes químics, però és sensible i soluble al cianur, al mercuri, a l'aigua règia, al clor i al lleixiu.

—Quins misteris comporta aquest enigmàtic anell?

Eudald estava absort observant l'exquisida estructura anellar encaixada sota el cèrcol central.

—A banda dels històrics, probablement molts. Aquest anell ja és un enigma —va respondre Segismundo.

—L'or va embogir els conqueridors espanyols. Van massacrar els nadius americans per obtenir-lo. Els van arrabassar les terres, la sang i el metall sagrat —va dir l'Eudald, sense treure l'ull de l'anell.

—Hi ha estudis que suggereixen que l'or del planeta va provenir de la col·lisió d'estrelles de neutrons —va explicar Segismundo—. Aquest metall es troba en estat pur, en forma de llavors i dipòsits al·luvials. L'or és un element que s'ha creat gràcies a les condicions extremes al nucli col·lapsant de les supernoves. Quan la reacció d'una fusió nuclear cessa, les capes superiors de l'estrella es desplomen sobre el nucli estel·lar, comprimeixen i escalfen la matèria fins al punt que els nuclis més lleugers, com el ferro, es fusionin per donar lloc als metalls més pesants, l'urani o l'or. Aquest anell ha d'acumular una energia extraordinària —va suposar, assenyalant el cèrcol—. I la seva complexa configuració ho ha de fer més poderós a les mans de qui sàpiga utilitzar-lo.

Eudald va dipositar l'anell a la mà de l'historiador.

—No ho puc obrir. No sé com accedir al seu mecanisme.

—Potser cap dels dos puguem. I potser no ho hauríem de fer —va argumentar Segismundo—. Ha estat allà baix més de quatre-cents anys. Això ja em produeix un increïble respecte, un descomunal vertigen pensar-hi —va admetre—. Com ha dit estimat Claramunt, hi ha moltes històries al voltant d'un anell, i sap Déu, que darrere d'aquest anell armil·lar s'han d'amagar poderosos misteris i terribles secrets que no arribem a imaginar.

El veritable infern habitava fora, a l'exterior del temple. Un sol de justícia queia sobre l'angostura del paisatge on estava enclavada l'ermita. No hi havia ningú al voltant del santuari, ni a la petita esplanada on havien deixat el vehicle.

Passat el migdia, hora punta per incendiar els vessants que llepen el riu i fondre les pedres al compàs d'un ardorós cor de cigales que no deixaven, els mascles aguerrits, de grinyolar per atraure les femelles, amb el seu peculiar instrument musical, uns sacs d'aire situats a l'abdomen que inflaven i desinflaven a través d'unes membranes, com una caixa de ressonància.

Eudald i Segismundo van romandre immòbils a l'escassa ombra que els proporcionaven els murs de la Pertusa. Van agrair respirar l'aire, encara que fos candent com l'alè d'un drac.

Capítol. 29
La catedral

L'enrenou d'un colom va arrencar un estrident i sonor batec d'ales quan va alçar el vol des de l'empedrat del carrer, fins un balcó proper. La llum del sol amb prou feines es filtrava a través dels estrets carrers adjacents a la Baixada de la Misericòrdia. La ciutat seguia sota els efectes de *Morfeu*, més enllà de l'alba que tornava acompanyada d'un hàlit marí carregat de salnitre. Els colorits, tons pastís de les escalonades façanes, percebien la incipient llum del mediterrani que evidenciava un altre calorós dia d'agost.

Amb passos ferms va remuntar el costerut pendent en direcció al carrer Major. El matí era l'anvers d'una moneda sobrevinguda de la nit, del silenci i la solitud. Les artèries de la urbs, aviat s'omplirien de circumstàncies i de moments determinats, de transitades històries a l'ombra de la mateixa història.

Enfilar el carrer Major sense pressa, es va creuar amb un jove acompanyat de la seva mascota, un *West Highland white terrier* d'un intens blanc radiant, semblant a un floc de neu. Un afectuós *Westy* que precedia una antiga raça canina originada a les terres altes de l'oest d'Escòcia.

Gairebé al final del carrer, adjacent a la plaça Santiago Rusiñol, un empleat públic del servei municipal de neteja, vestit com un verderol, empolainava a cops mànega d'aigua, les plomisses rajoles de pedra, refrescant el carrer. A poc a poc, el rumor de passos i sons de portes i persianes metàl·liques, anaven entonant *in crescendo* un nou despertar, un murmuri de veus invisibles omplia els carrerons i placetes de la part alta de la ciutat, mentre el sol anava aniquilant ombres amb rius de llum daurada, que inundaven, com un tsunami, l'opacitat que s'havia apoderat dels edificis la nit anterior, esvaint els últims retalls de la obac negror.

Com les peces en una partida d'escacs, cadascun dels protagonistes es col·locava a la seva casella, igual que cada dia, amb tots els somriures del món als seus llavis per afrontar la munió de turistes que no trigarien a deambular pel laberint de carrerons, tafanejant a les empremtes de l'esplendorós passat de la Imperial Tàrraco.

Com tots els nuclis antics, la part alta de la ciutat de Tarragona, desprenia la seva pròpia màgia, el seu propi candent encant. L'embruix dels carrerons calava a l'ànima dels qui els caminaven, buscant a l'atzar racons per descobrir amb ulls tafaners. Antany aquests mateixos carrerons, estrets com el lànguid infortuni dels seus habitants, estaven plens d'històries trencades com els vidres d'una casa en ruïnes, de somnis destrossats i de vides busca-raons. Eren carrers de plaers barats i de subterfugis sepultats en antres de velades llums vermelles disseminant la seva llum a les cavernes de l'avern. Van ser carrers de pas, fars per redimir soledats i mancances. La part alta de la ciutat no era més a prop del cel ni més lluny de Déu, era l'infern.

Els ferms murs envellits com la pedra que els sosté, ara allotgen llocs de trobada, geografies gastronòmiques i mercats ambulants d'oportunitats. El fred aquiló es va emportar el passat i les boires porpres de les fosques nits, desballestant les memòries fracturades on l'oblit traça silencis.

Va pujar les escalinates davant de la catedral i, a l'inici del Pla de la Seu, el va sorprendre una bandada de coloms que va hissar un vol apressat, sorollós i penetrant, tallant l'aire com a talls de ganiveta.

Va aixecar el cap, la portada principal de la catedral s'encenia, il·luminant-se conforme el sol s'apujava sobre les teulades dels edificis. La ciutat de Tarragona despertava lentament del somni d'una nit d'estiu.

—El temple que veneren els feligresos tarragonins des de temps remots —va dir la veu a l'esquena—. En un altre moment de la història va haver-hi un temple dedicat a Cesar Augustus, emperador romà del segle I després de Crist.

Einar va girar el cap per veure qui havia pronunciat aquelles paraules, abordant-lo per l'esquena.

—Professor... —el va reconèixer.

—Als mateixos fonaments abans que la catedral es va aixecar una mesquita del segle X i posteriorment una basílica cristiana d'època visigòtica.

—La fe sempre és la mateixa, encara que els conceptes siguin diferents —va dir Einar—. El van trobar?

—Va ser complicat. Si! —va respondre contundent.

—No vaig dubtar mai de vostès.

—I el llibre? —va voler saber Segismundo.

—Sense cap problema. Sabia on era.

—Hauria de deixar de fer servir dessuadores amb caputxa —li va suggerir—. Ha de morir de calor sota tan peculiar vestimenta.

—No necessito amagar-me de ningú si és el que està insinuant—. La manera de vestir forma part del nostre llenguatge visual, ho sabia? La indumentària revela de manera evident a quin món pertany cadascú. Ens identifiquem com a membres d'un determinat col·lectiu o comunitat segons anem vestits. Jo soc d'un món diferent —va raonar.

—No tinc res a objectar. Només faltaria! —es va excusar Segismundo—. Tan sols era una opinió.

—I el seu company?, l'arqueòleg.

—Hem quedat a les escalinates —les va assenyalar amb un lleu gest de cap—. No crec que trigui.

—Imagino que tenen moltes preguntes.

—Tantes com dubtes —va confessar el professor.

—Tenen una esplèndida catedral —va elogiar Einar, aixecant la mirada i resseguint la façana principal.

—La veritable bellesa és al seu interior. Especialment el seu claustre.

—Em consta. Els començaments de la seva construcció al segle XII, en estil romànic, els recordo molt bé. Posteriorment, van continuar al gòtic i l'any 1331 va ser consagrada. Una llàstima que no es pogués acabar a causa de la *Pesta Negra*.

—Està ben documentat.

Segismundo va advertir certa incomoditat en Einar. Tot i ser força aviat, els primers curiosos van començar a acudir al Pla de la Seu aprofitant la llum del sol que dibuixava perfils sobre la façana principal de la catedral, arrencant ombres en relleu als apòstols de pedra.

Einar va observar la rosassa

—Em recorda a la rosassa del monestir de Sant Cugat —va dir sense abaixar la mirada.

—Diuen que és semblant al de la catedral de Mallorca.

Segismundo li va llançar un nou suggeriment.

—Hauria de visitar l'interior de la catedral, hi ha moltes referències al Gènesi.

—El *Bereshit* dels hebreus, o el principi de tots els esdeveniments. És el primer llibre de la *Torà* i, per tant, també el primer llibre del *Tanaj* jueu i de l'*Antic Testament* de la Bíblia cristiana. La primera paraula, l'inici de tot —Einar va ser concís.

—Els llibres sempre són presents a les nostres vides —va manifestar el professor fent una clara al·lusió als llibres que formaven part de la història rescatada del temps, dels descendents de Carles Agulló Quer.

Havien passat tan sols uns minuts, però per al professor d'història Segismundo Ulloa, li van semblar eterns davant de l'estrany personatge que es feia dir Einar Gísli. Les manetes del seu rellotge s'havien alentit gairebé fins a aturar-se a l'angoixa del temps. Va maleir l'impuntual retard del seu company Eudald Claramunt a la cita. La dilació del temps va ser una eterna moratòria que amb prou feines havia arribat als deu minuts. En aquell precís moment Eudald va aparèixer per les escalinates del Pla de la Seu panteixant una estela de presses.

—Perdó pel retard —es va disculpar.

Segismundo no sabia si matar-lo o abraçar-lo. Del que sí que estava segur és que l'havia salvat de l'assalt a l'últim segon. L'imaginari quadrilàter on les paraules es quedaven sense arguments per afrontar diàlegs poc fluids, sense més arma, ni armadura, que la nuesa que genera, estar davant d'algú que suscita certa inconveniència a entaular una conversa distesa. Li produïa una inquietud que feia sotsobrar el seu estat d'ànim en aquelles circumstàncies, quan amb prou feines tenia alguna cosa a dir. Al cap i a la fi, era la tercera vegada que es trobava davant d'Einar i continuava sent un perfecte desconegut.

—Impressiona, eh? —Eudald es referia a la catedral.

Einar sense aixecar el cap, va assentir.

—El monestir de Sant Cugat va conservar les relíquies de Santa Tecla quan les va rebre l'any 1320. Tot i que un dels ossos d'un braç de la santa va anar a parar a Tarragona, on van quedar dipositats per a la seva veneració. L'any 1811 les tropes franceses van assaltar la ciutat i el braç de la santa va desaparèixer sense més ni més —va explicar Eudald—. El monestir de Sant Cugat va donar tres anys més tard l'altre braç de la venerada santa a la ciutat de Tarragona per custodiar-lo.

—El monestir de Sant Cugat i jo tenim molt en comú —va interrompre Einar.

—El cas és que encara recordo, acabada la meva carrera d'arqueologia, que la premsa es va fer ressò d'una notícia, si no curiosa, interessant —va prosseguir l'Eudald—. Durant els treballs de rehabilitació d'una casa antiga a la part alta de la ciutat, els operaris van trobar una arqueta amb ossos d'un braç humà que, un cop estudiats i analitzats, van certificar com la relíquia de Santa Tecla, perduda a la Guerra de la Independència.

El sol va estendre el mantell de llum il·luminant les façanes de les cases limítrofes a la catedral, la majestuositat de la qual es feia més esplèndida en ser banyada amb la luminescència de l'astre, proporcionant-li una atàvica claredat. Eudald Claramunt va observar al seu voltant l'incipient moviment de gent. «Molt d'hora surten les paneroles dels seus forats», va pensar maliciosament l'arqueòleg. Eudald era solitari i sociable en allò just i necessari que requeria cada situació.

Exercitava una profunda passió per l'antropologia nòrdica, pels cavallers Templers de l'edat mitjana i els exercicis amb una espasa curta per enfortir el cos i la ment, fent una rigorosa i disciplina dansa d'entrenament. Solia practicar-los sobre una columna de roca calcària separada de l'abrupte escarpat, a prop del Montsant, saltant a un espai de dimensions reduïdes sobre la base d'una agulla de pedra. L'alçada i les ratxes de vent que bufaven algunes vegades posaven a prova la fortalesa d'Eudald Claramunt.

—Suggereixo anar a casa meva, visc aquí a prop —va demanar a Einar, Segismundo.

Capítol. 30
Món al Medi

Va deixar el llibre sobre la taula, l'havia extret d'un vell bessac que sempre portava. Einar, en un gest de confiança, es va treure la caputxa, deixant al descobert una incipient cabellera que contrastava amb el translúcid color ambarí dels seus ulls.

Eudald i Segismundo van observar el llibre, les cobertes del qual, estaven impregnades d'una pàtina descolorida, diposida pels segles i el maneig de moltes mans. El *Heimr myrkr* mostrava un castigat i complex envelliment.

—Aquest és el llibre? —li va preguntar Segismundo sense apartar la mirada de l'exemplar.

—El *Heimr myrkr*, el llibre que tants anys ha estat buscant.

Einar va mirar de reüll l'Eudald.

Després d'un silenci breu, el professor es va inclinar sobre el llibre.

—Puc?

Einar va assentir.

El va agafar a les mans i el va obrir gairebé per la meitat de les pàgines, era un tom gruixut, rústic. Va ser incapaç d'entendre el llenguatge que contenien les seves pàgines, ni d'interpretar els símbols i els dibuixos, que s'allunyaven de qualsevol comprensió per a un mortal com el professor Ulloa.

—I conté les fórmules per obrir els portals a altres mons? —va voler saber.

—El so de les paraules en pronunciar-les i les fórmules que hi ha a cadascun dels símbols, a cada equació matemàtica plasmada en els dibuixos, accionen aquestes portes —va dir Einar—. Sense les coordenades de l'anell armil·lar no serveixen de res —va aclarir.

—Tot això sona a una bogeria esbojarrada, una història fora de lògica —va intervenir l'Eudald—. Em costa de creure-ho. Exactament, igual que la desgavellada qüestió que fa segles arrossega una vida eterna. És de bojos!

—Espero que ens complagui donant-nos una explicació sensata —li va suggerir Segismundo—. Tant misteri sobrepassa la nostra comprensió.

La mirada del vell professor es va perdre buscant a l'infinit de cap lloc. Va deixar el llibre sobre la taula i va abandonar l'estada uns minuts. Va tornar amb una petita bosseta, semblant a una botgeta, a les mans. Va descordar el cordó de pell i va extreure del seu interior l'anell, un cèrcol perfecte que desprenia una àuria i enlluernadora resplendor.

Ho va mostrar a Einar.

Els seus ulls ambarins van adquirir una brillantor sense precedents. La seva mirada hipnotitzada es va clavar a l'anell. Va llançar un lleu sospir i els seus llavis van dibuixar un lleu somriure, barreja de nostàlgia i satisfacció.

El cor d'Einar va bombar la sang a la velocitat de la llum, com si tota l'adrenalina es concentrés en un punt del cervell. Intuïtivament, va allargar la mà cap a l'anell. En un acte reflex la va retirar.

—Agafi-ho —va demanar Segismundo acostant-li l'anell.

Einar amb la mà tremolosa el va agafar entre els dits i es va quedar contemplant-lo un llarg i extens espai de temps. El va observar com si estigués abduït.

—Porto molts anys buscant-lo —va murmurar, desviant la vista cap als dos amfitrions sense poder amagar la seva immensa gratitud per haver-lo trobat.

—Què tal aquesta explicació que ens deu?

El vell professor el va convidar a asseure's.

—Cafè, te? —li va oferir.

Einar va examinar a consciència els cèrcols superposats sota l'anella principal.

—Tots aquests anys, segles, han estat com tenir sorra a les mans, filtrant-se entre els dits sense poder fer res. Com en un rellotge de sorra. La que cau a baix ja no pot tornar a la part superior, i capgirar-la és impossible.

—Jo crec que, si es pot invertir aquest temps, començant de nou des d'ara —va convenir l'Eudald.

—Té les claus adequades per tornar als seus orígens —va afegir Segismundo.

—Només cal trobar el portal —va precisar l'Einar.

—I com ho farà? —va preguntar l'Eudald.

—Sé on trobar-lo.

Einar va prendre un glop de la infusió de te.

—Els dec una explicació, encara que dono per fet que els resultarà del tot increïble. L'ésser humà és incapaç de comprendre certes coses. A mesura que hem avançat en el temps hem anat perdent sentits i facultats. S'han anat atrofiant, i d'altres simplement han desaparegut. És cert que hi ha coses que davant dels nostres propis ulls costen assumir, igual que acceptar-les des de la perspectiva actual. El món és un conglomerat d'altres mons que s'han superposat a través de civilitzacions perdudes en el transcurs dels mil·lennis. Sempre va haver-hi civilitzacions avançades, ens sorprendria saber que algunes, fins i tot, han estat més avançades que la pròpia d'aquest segle XXI. Jo he viscut una llarga trajectòria en el temps i he conegut, en primera persona, molts dels esdeveniments històrics que ara formen part dels llibres d'història.

Einar parlava amb una naturalitat impròpia a la seva persona, almenys en aparença. Per la seva vida havien transcorregut infinitat de canvis socials mai imaginats. Tot i la seva aparent edat, havia viscut l'evolució del món i el temps dels altres, absorbint-ne els coneixements.

Eimar Gísli va continuar relatant la seva història. Les revelacions del misteriós encaputxat afloraven dels seus llavis desfent un insòlit relat. El professor i l'arqueòleg amb prou feines parpellejaven.

Un inaudit estupor anava agafant-se als seus cossos a mesura que els anava desgranant el relat de la seva vida.

—Vaig néixer en un lloc tan allunyat en el temps que costa de recordar. Va ser en una illa, la d'Elliðaey, a Islàndia. La meva mare havia creuat l'espai-temps d'un món paral·lel, el del meu pare. Anys més tard jo el travessaria moltes vegades, era un món sembrat d'extenses muntanyes i furiosos volcans. Assolat per la mateixa foscor que cobria el dia que la meva mare em va portar a la vida. Era un món paral·lel, cruent, impossible de conviure-hi, encara menys després de la mort del meu pare que va sucumbir sota el cruel jou d'un sagnant dèspota —Einar sospirar—. Hi ha mons on s'exerceix la tirania com en aquest.

Després d'una petita pausa va continuar esfullant la seva història.

—Vam deixar l'illa i ens vam aventurar al continent europeu, desgastat i devastat per les guerres i les pestes que, com a crostes, se superposaven sobre la pell de la seva geografia. Vam tornar a través dels portals al món del meu pare, poc o res havia canviat i vam tornar de nou a aquest. La meva mare es va convertir en una *seiðkona*, «*la dona que veu*». Ella practicava el *seidr*, l'encantament amb encanteris. A l'edat mitjana era considerada una bruixa, però no ho era —Einar baixar la mirada—. Al final tot s'acaba descobrint, fins i tot aquells secrets més ben guardats sucumbeixen a l'astúcia de l'ésser humà. Durant anys vam intentar protegir el llibre i l'anell, cada vegada era un afany més difícil. Travessar els portals en repetides ocasions comporta deixar el teu cos imperible a mercè del temps. Et fa etern.

—Immortal? —va dir l'Eudald sota els efectes d'un aclaparador mar de dubtes.

—Etern —va rectificar Einar—. No immortal —va aclarir.

—Com és la font de l'eterna joventut? —va interrompre Segismundo.

—Això és una mentida inventada al segle IV aC, narrada al tercer llibre de les *Històries d'Heròdot*. No existeix la font de la joventut, ni converteix ningú en immortal, ni ho fa més longeu. A l'*Evangeli de Joan* es narra un episodi sobre l'estany de Betesda, a Jerusalem, on Jesús obra el miracle de curar un home esguerrat. Aquestes aigües si tenien propietats curatives, com n'hi ha a moltes altres parts del món. I aquest suposat àngel que va tocar les aigües de l'estany per convertir-les en una font de sanació, un àngel no identificat com de Déu, en realitat era un *seiðmaðr*, un «*home que veu*», que practicava el ritual de les aigües per guarir la gent. Un home vingut d'un altre món paral·lel anomenat *Sòlgard*, el mateix del meu pare.

—Ho explica de manera molt connatural i simple. De fet, com si fos el més natural del món —va dir el vell professor—. Com si aquesta història increïble formés part d'un concepte quotidià. No cada dia es passa a una altra dimensió —va objectar esbossant un gest de somriure.

—No és màgia professor, és una fórmula, una interacció de la física quàntica i les energies tel·lúriques a una escala incapaç de ser compresa per la ciència actual.

Eudald va interrompre la conversa.

—Abans va esmentar Jesús i Déu. Va veure aquest home anomenat Jesús? —va preguntar l'Eudald.

Einar va somriure.

—A penes vaig sentir parlar-ne, però per descomptat que no el vaig veure i, el Déu a què es refereix... No hi ha déus. Només gent molt avançada vinguda d'altres mons paral·lels.

—Extraterrestres?

Einar va deixar anar una riallada divertida.

—Em sorprèn, senyor Claramunt, el tenia per un home molt intel·ligent.

—Anomena vostè a un primitiu mecanisme física quàntica?, a un incunable que sap Déu quants anys fa que va ser escrit i a una esfera armil·lar? De debò creu que són mecanismes avançats a la nostra ciència? —Segismundo semblava no donar crèdit a les paraules d'Einar l'encaputxat.

—Jo només dic el que sé. I no és un incunable. Hi ha altres llibres, altres esferes armil·lars en altres dimensions paral·leles —va precisar Einar.

—Com poden existir portals a altres dimensions? No s'ha provat mai que n'hi hagi. És una entelèquia de llibres i pel·lícules èpiques, de fantasia, d'acció i aventures —va remugar l'Eudald.

—El món dels mags i bruixots que van existir en un altre temps, si és que ho van fer, no té cabuda en la realitat del present segle —va dir totalment convençut Segismundo Ulloa.

—Sé com pot semblar de complex. Vostès; els seus científics, caminen a la grenya amb paradoxes, supòsits, conjectures, possibilitats, probables o no probables, poc importa —Einar va fer una pausa—. El cas és que tenen les eines davant dels seus nassos, però no donen amb el resultat les seves equacions. I vet aquí, la mecànica quàntica, la teoria de les cordes, els forats de cuc, els forats negres... Saben per què no troben la solució? —va preguntar—. Per què van perdre les facultats i els coneixements que antany van tenir altres homes com ells. La saviesa d'altres civilitzacions que els precediren.

Un silenci sepulcral va omplir l'estada.

—Per Déu! Com pot sostenir semblants arguments?! —va tronar l'Eudald.

—Cap de les teories, ni de les equacions, ni dels forats, siguin del tipus que siguin, com vostè diu, han pogut demostrar, ni els viatges en el temps, ni passar a altres universos paral·lels —va dir el professor—. En aquest cas, a altres mons a què vostè es refereix.

Einar els va mirar apesarat.

—Intentaré aclarir-los alguns dubtes —els va dir amb veu preocupant—. Aquests portals existeixen, no són a tot arreu —va aclarir—. S'ubiquen en punts específics, en zones o llocs, on es donen certes condicions. Llocs carregats de corrents tel·lúrics que interactuen per obrir els portals. Hi ha diferents mecanismes que les provoquen, les més fortes són les induïdes pels canvis a l'exterior del camp magnètic de la Terra. Aquelles causades per interaccions entre el vent solar i la magnetosfera o els efectes de la radiació solar a la ionosfera —va continuar—. Flueixen sobre les capes més superficials de la Terra i tenen característiques diürnes en què la direcció general del flux és cap al sol. Tot això està constatat pels científics actuals —va puntualitzar sobre els corrents tel·lúrics—. Es mouen contínuament entre els costats de la terra il·luminats i ombrejats, cap a l'equador del costat de la terra, que mira cap al sol i cap als pols del costat nocturn del planeta.

—Insinua que els corrents tel·lúrics permeten traspassar a una altra dimensió? —va preguntar el professor Segismundo amb un fil de veu incrèdula, escèptica.

—No exactament —va negar Einar—. L'esfera armil·lar situada al centre i orientada cap a aquests corrents, potencia la baixa freqüència d'aquestes. L'esfera emet, segons la seva posició, unes diminutes ones, només captades pels corrents tel·lúrics.

—I el llibre? Què pinta el llibre? —va preguntar l'Eudald, recordant que ja havia formulat el mateix dubte una altra vegada.

—Cada paraula pulcrament llegida en veu alta cap al portal, genera unes vibracions úniques. Com si fossin els artells d'una mà colpejant en una porta —va precisar—. El corrent elèctric terrestre i les ones de la vibració generen l'entrada al portal, al món paral·lel que hi ha a l'altra banda —va puntualitzar Einar—. El llibre conté equacions, fórmules metòdicament desenvolupades per a aquests registres sonors, paraula per paraula. El portal els identifica.

—Abans ha dit que hi ha aquests portals —va dir sense cap fe, Segismundo —N'hi ha a prop?

Einar va afirmar sense deixar anar una paraula.

—I si n'hi ha, ho podem comprovar? —va intervenir l'Eudald.

—N'hi ha —va dir finalment—. Però no s'hi pot accedir per tots. En alguns, el camp magnètic terrestre ha disminuït la seva energia, a causa de les partícules dels corrents del vent solar que han perdut força, en arribar des de la corona del sol a la Terra. No obstant això, i és una sort —va admetre Einar—, n'hi ha prou per assolir aquests mons paral·lels.

—I quin suggereix? —va demanar l'Eudald.

—La majoria dels portals són arcs de pedra.

—Ponts? —va preguntar el professor.

—Arcs naturals de pedra —va afirmar Einar—. Els ponts de pedra són relativament recents. Fa mil·lennis que hi ha aquests portals. Són llocs amb energies tel·lúriques capaços d'obrir-los, amb les seves claus respectives —va al·legar observant el llibre i l'anell armil·lar sobre la taula—. Encara que també n'hi ha en paratges de culte mil·lenaris. Emplaçaments amb les mateixes energies. Santuaris que es van fundar tenint-les en compte. Els portals anomenats «*Miðgarðr*», món al mig, passen desapercebuts com a tals, però no el punt on estan emplaçats.

—Abans ha suggerit que eren a prop —va recordar el professor.

—Relativament —va respondre Einar.

—Com de relatiu? —va voler saber l'Eudald.

L'home de la caputxa va romandre encallat en el temps, com si volgués eludir la pregunta.

—Al nord de la comunitat. A la terra dels menhirs i els dòlmens.

—Terres de Girona? —Va apuntar immediatament el professor Ulloa.

Einar va assentir.

—Especialment dos llocs concrets. El menhir de la Murtra, un portal de més de cinc mil anys, tants com el menhir. I el dolmen de la cova de Daina. Es tracta d'un sepulcre de corredor, el passadís del qual s'allarga i s'eixampla a mesura que arriba a la cambra sepulcral. Construït més de dos mil anys abans de Crist. Concentra molta energia.

—Això no són arcs —va objectar Eudald Claramunt que l'havia estat escoltant amb molta atenció.

—No!, no són arcs —va admetre Einar—. No gaire lluny d'aquí n'hi ha un, a la muntanya de Montserrat i un altre, una mica més llunyà, al sud, als Ports de Tortosa, en una zona rocosa anomenada Castell d'Erosa. Un portal elevat, les energies tel·lúriques del qual, flueixen de forma nítida i constant.

—Imagino que n'hi haurà a tot arreu —va suposar el professor.

—Al Vell Continent més que en altres. Hi ha portals a la selva amazònica que amb prou feines s'han fet servir. Els més utilitzats van ser l'Arc delicat, a Utah, i Stonehenge a Amesbury. Però ja no queda ningú com jo a aquest costat. No que jo sàpiga —va dir afligit Einar.

—Stonehenge... —va murmurar el professor Ulloa.

—El millor dels portals per creuar els mons paral·lels. És un *cròmlech* perfecte. Sabia que a la península en tenen un de semblant?

—L'anomenat tresor de Guadalperal, ho sé. Un *cròmlech* com el de Stonehenge. Un temple dedicat al sol —va intervenir l'Eudald.

—Llàstima que les aigües de l'embassament el submergissin. Afortunadament, hi ha anys que emergeix del fons per retrobar-se amb el sol. La darrera vegada vaig poder contemplar el monument megalític complet, per l'escassetat d'aigua a l'embassament.

—No vaig tenir aquesta sort —va comentar resignat el professor.

Eudald coneixia a la perfecció el conjunt megalític.

—L'Stonehenge espanyol té 4.000 anys d'antiguitat. Els arqueòlegs hem proposat, més d'una vegada, poder-lo reubicar en un altre emplaçament perquè pugui ser admirat.

—Si ho desarrelen deixarà de complir amb la seva funció per la qual va ser erigit. Les pedres, com els morts, cal deixar-los en pau —va dir Einar.

—I tots porten a mons diferents? —va preguntar l'Eudald—. Aquests portals...

—Diferents?

—A banda de *Sòlgard* —va aclarir el professor Ulloa.

—Similars. Són com aquest, en un altre espai de temps i de vegades d'època. Són mons del passat. És perillós caure-hi —va sentenciar.

Eudald va captar tota la seva atenció.

—Per què són perillosos?

—Són mons perduts a l'univers paral·lel, d'altres èpoques remotes en el temps. No són com els nostres —va dir Einar—. En alguns gairebé no hi ha portals i tornar al futur suposa un problema i comporta certs riscos —va concloure.

—Ha pensat algun en concret?

—Com?

—Ha dit que podríem acompanyar-lo — l'Eudald va ser explícit.

—Ho he de reconsiderar. No vull que intercedeixin de manera negativa en cap aspecte que pugui alterar l'ordre de les coses.

—Té la nostra paraula que no intercedirem en res —va dir el professor—. Al cap i a la fi, l'hem ajudat a recuperar el vostre anell.

Capítol. 31
El llindar

Des de la talaia natural, una plataforma de pedra calcària, podia contemplar l'ampla vall que s'obria als peus. L'extensa vegetació formada per pins i alzines baixava vessant avall cap a la profunditat de la fondalada per unir-se al bosc de ribera i als arbres dels déus, com eren coneguts aquests gegants invasors de terres alienes.

Bufava una suau brisa que remuntava la vall des del mar. Les seves pupil·les ambarines van buscar la plana platejada de la Mediterrània a la distància. Va aspirar l'aire fresc i va tancar els ulls.

Sòlgard s'assemblava força a aquesta part del món, no en va, tots dos i la resta dels mons pertanyien a la Terra, però perpetuats en altres dimensions d'aquesta.

El vol d'una àliga va distreure per un moment la seva atenció. «Tant de bo hi hagués un portal aquí mateix» va pensar.

El sol adquiria una brillantor inusual reflectint centelleigs d'or a les seves pupil·les ambre.

El silenci omplia tota la vall, de tant en tant, esquerdat pels sons llunyans, en algun lloc recòndit, d'aus i sospirs d'aire, sepultats a l'espessor del bosc.

Des de la seva privilegiada elevació, envoltat de muntanyes, que li recordaven paisatges perduts en el temps, podia sentir els darrers reductes que l'esperit de la natura li brindava. En tota la geografia que la seva prou i extensa existència havia recorregut, coneixia llocs on solia asilar-se envoltant-se del silenci més absolut i de l'oxigenat aire dels boscos. Llocs íntims a plena llum per reflexionar i carregar d'energia el cos cansat.

«Les promeses, els acords i els deutes s'han de complir», va recordar les paraules de la mare.

No tenia deutes, però sí acords per complir. No era home de promeses, tenia massa temps per incomplir-les i molt poc per a aquells que en fossin receptors.

Només uns quants privilegiats coneixien l'existència del secret, i molts menys els que havien intentat travessar l'altra banda. La gran majoria, en tots dos casos, pertanyien ja al món dels finats. No tenia ni idea si hi havia més gent com ell, ni s'hi tenia raons per continuar subsistint en un món aliè, condemnat a evolucionar com aquests maleïts i inhumans «*robots*», que en un futur no gaire llunyà es faran els amos de la Terra, aniquilant la raça humana.

Era allà, sobre aquella llosa de pedra, per meditar i prendre la decisió correcta. Al llindar dels últims dies com a apàtrida, abans de deixar per sempre el costat oposat al seu món.

Va fer un gest de somriure que amb prou feines va aflorar als seus llavis.

El professor i l'arqueòleg li havien caigut molt bé des del començament.

Confiava en ells i ells li van mostrar la seva confiança més absoluta cap a la seva persona. No hi havia raons per creure que anessin a jugar-li una mala passada.

«Ha dit que podríem acompanyar-lo», va ressonar la veu d'Eudald al cap.

Havia acordat portar-los fins al portal perquè veiessin amb els seus propis ulls la seva existència.

Capítol. 32
Èmfasi

Deia l'eslògan del Solric Alta Taverna que «aquell era un bon lloc per desconnectar del dia a dia». Era un espai singular al mateix centre de la ciutat i un dels restaurants preferits de Segismundo Ulloa. No era lluny de casa seva, només s'havia de deixar caure des de la part alta pel carrer Major fins a la plaça de la Font.

L'estiu continuava impregnat, adherit sobre l'antiga Tàrraco. En una setmana arribaria al zenit, meitat d'estiu, primera setmana d'agost, i això es notava a l'ambient. A la plaça rondaven els turistes com a formigues buscant el seu formiguer. L'inici de les vacances, per a la gran majoria dels habitants de la ciutat, denotava una presència més gran de gent buscant refugi sota els para-sols de l'hostaleria assentada a la plaça.

El vell professor i l'arqueòleg assaborien una cervesa freda a l'ombra del tòrrid sol, parapetats sota el para-sol del restaurant cerveseria. Tot just eren les dotze del migdia.

A hores d'ara de cooperar junts, havien deixat tots dos els formalismes i tractaments correctes, aparcant el vostè per a altres ocasions.

—Creus que ho acceptarà?

Segismundo va apartar la mirada posada en un xaval recobert de gelat que tenia al davant.

—No n'hi queda cap altra —va dir tornant a mirar el nen.

—Molt segur n'estàs—va rondinar l'Eudald xarrupant un bon glop de cervesa.

—Tenim el seu anell. Sense anell no hi ha passatge a l'altra banda —va sentenciar Segismundo.

Eudald Claramunt va esbufegar.

—No, no et sembla —va gesticular amb la mà—, que tot això és com un malson? De veritat hem perdut el seny per creure'ns totes aquestes mentides? Estem bojos o què?

Segismundo Ulloa se'l va quedar mirant uns instants abans de respondre.

—No ho sé, sincerament, no ho sé —va admetre —. Eren tots uns bojos els que van guardar aquest maleït secret dins d'unes guardes de llibre? Tu mateix has vist les evidències.

—Jo no vaig gaire al cinema, ho admeto, no hi vaig gairebé mai. M'aterreix estar en una cavernosa sala a les fosques. Suportant el mastegar de crispetes de la parelleta d'enamorats de torn al meu costat, embadalits mirant la contesa dels seus herois contra els vils i infames dolents. I veient la continència del noiet cremant en passions i desitjos per robar-li un petó a la seva noia en plena pel·lícula, amb gust de crispetes de sal. Em fa la impressió que fóssim nosaltres els protagonistes d'aquesta pel·lícula —continuava gesticulant—. Això és el que penso. Som personatges manipulats. Aquests incauts herois que ni tan sols són de cel·luloide. Som els personatges de carn i ossos a la història d'un llunàtic encaputxat.

—Crec que poses massa èmfasi a les coses.

El professor va aixecar el braç.

—José! Ens poses dos més.

Segismundo va extreure una llibreta plena de notes i el que semblaven, a simple vista, uns dossiers. Carpetes de folis impresos amb referències a mons i universos paral·lels.

—Li he donat moltes voltes a l'assumpte. I creu-me, no ha estat gens fàcil. En realitat, tot són conjectures, suposicions i teories científiques sense resoldre-hi —va dir.

—El què? —va preguntar l'Eudald.

—Sabies que hi ha persones que diuen que venen de mons paral·lels i que van deixar evidències que documenten la seva experiència?

—Ho dius de debò?

—Segons un diari d'origen xinès, diu que els dos darrers segles van aparèixer certes persones que van dir que eren de ciutats i països que no existeixen. Ells parlaven idiomes desconeguts, i alguns asseguraven pertànyer a mons paral·lels.

El professor va buscar en un dossier.

—El 1850, van trobar als afores de Lebas, un petit poble proper a Frankfurt, un home que deambulava perdut. Es feia dir Jophar Vorin i parlava un alemany maldestre. Els trets eren d'origen caucàsic. Quan la policia el va interrogar va dir que venia d'un país anomenat *Laxaria*, situat en algun lloc d'un món anomenat *Sakria*.

Eudald Claramunt se'l mirava incrèdul.

—Aquest i dos successos més —va prosseguir—són esmentats al llibre «*Manual de Possibilitats*», publicat el 1981 per Colin Wilson i James Grant. Tots dos van escriure que, el 1905, un jove va ser detingut a París, parlava un idioma desconegut, però va aconseguir transmetre que era un ciutadà d'un món anomenat *Lisbian*. I el 1954 un passaport verificat al Japó, a l'aeroport de Tòquio, estava en possessió d'un home amb documents expedits a la nació de *Taured*. Aquest país, va dir l'home, estava ubicat entre França i Espanya. Possiblement en algun portal del veí país andorrà —va suggerir Segismundo.

—I com és possible?, és la primera vegada que sento semblants notícies —va dir sorprès l'Eudald.

—Doncs l'*Home de Taured* té moltes visites a internet. I et puc assegurar que resulta, si més no, més que interessant tota la informació publicada.

—Einar ens va dir que no sabia si hi havia més gent com ell.

—Ja —el professor va mirar l'Eudald—. El cas és que, si és veraç aquesta informació, n'hi ha o n'hi va haver. Hi ha més històries, com la d'una tal Lerina García, un dia es va despertar i res del que hi havia al seu voltant li resultava conegut, ni família, ni casa seva, ni amics. Va assegurar que va arribar d'un altre món paral·lel a aquest. No hi va haver cap explicació. Algú racional podria dir que el seu cas va ser degut a una pèrdua de memòria.

—Amnèsia?, és possible. El nostre cervell és com un disc dur. Quan es produeix un dèficit del funcionament de la memòria, l'individu és incapaç de conservar o recuperar informació emmagatzemada amb anterioritat.

—Només són conjectures —va subratllar Segismundo.

L'arqueòleg va moure el cap i després d'una pausa, l'Eudald va buscar altres conceptes sobre els mons paral·lels.

—S'han estudiat científicament els somnis, però hi ha qui hi veu altres explicacions. Asseguren que són una finestra a altres mons. Que tot el que veiem en somnis és el més a prop que podem estar d'aquests mons paral·lels. I passa el mateix amb les històries de fantasmes. Sempre hi ha hagut les aparicions de persones mortes. Els que hi creuen diuen que tornen per solucionar coses que tenien pendents. Per a altres són mers visitants d'altres mons, que sense voler es projecten al nostre, però no completament. Tot i que és una teoria que cal descartar, perquè el nostre home, Einar —va remarcar—, és de carn i ossos, no pas una projecció.

—Potser aquests mons pertanyen a aquesta cinquena dimensió que els científics diuen que existeix, però que no podem conèixer, pel fet que no la podem comprendre. Segons la comunitat científica, això té a veure amb dimensions en el temps, una cosa semblant als universos paral·lels.

Eudald va mirar la copa de cervesa. Estava buida.

—Se n'ha anat a l'altra dimensió.

Tots dos van somriure. En van demanar una altra.

—El que sí que és clar és que a través de la mecànica quàntica podem saber com es comporta l'univers estudiant els electrons i els fotons —va dir el professor—. Tots dos tenen la propietat d'estar en diferents llocs i diferents estats d'existència alhora. Per què no poden existir altres mons paral·lels?

—Això és una bogeria —va admetre l'Eudald.

Capítol. 33
Tot llest!

Passaven cinc minuts de les deu de la nit. Einar va esmunyir-se per l'estret carreró i fins la porta on residia el vell professor.

A la zona de la catedral s'escoltava una animada gresca que provenia de les terrasses properes. Rialles i veus, converses sense identificar, s'escampaven a la nit estiuenca.

—Confio en vosaltres.

Einar va observar els dos homes amb preocupació. En depenia el destí. Un destí que havia estat esperant durant tota una eternitat, esperant pacientment el moment. Confiant que algun dia algú trobaria la clau. L'anell armil·lar!

—Coneix *Sakria*? —va preguntar Segismundo.

—Sí.

—I *Taured*? —va afegir l'Eudald.

La reacció d'Einar no es va fer esperar.

—*Sakria* és un dels mons paral·lels, com *Sòlgard*. *Taured* és una nació d'un món anomenat *Lesbian*. No vaig estar mai en cap dels dos, però en conec la seva existència.

—Suposo que n'hi ha molts. Ja ens ho va dir la darrera vegada que ens vam veure —va comentar el professor.

—Tants que no s'ho poden ni imaginar.

—És una cosa que se'ns escapa de les mans i del nostre coneixement —va reflexionar Segismundo.

—Algun dia els localitzaran. Trobaran la solució a tant de misteri. Tenen bons equips de recerca. De moment admeten que els universos paral·lels existeixen. És més —va afegir Einar—, fins i tot saben que interactuen entre ells influint-se els uns amb altres. És a dir, que, en lloc d'evolucionar de manera independent, aquests mons propers es condicionen. Formen part dels fenòmens més estranys de la mecànica quàntica.

—No han pogut demostrar res —va dir l'Eudald.

—Vostè sempre tan negatiu.

—Els mons paral·lels són una hipòtesi absurda.

—Demà canviarà d'opinió senyor Claramunt.

—Bajanades! —va dir amb un somriure sarcàstic l'Eudald.

—Demà seran testimonis d'alguna cosa que els científics del CERN intenten esbrinar des de fa anys, ja ho saben, els del Centre Europeu per a la Recerca Nuclear —va postil·lar Einar—. Ells realitzen a les seves instal·lacions un dels projectes més al·lucinants que hagi viscut la humanitat, experimentar amb el temps i l'espai. Cercant la quarta dimensió i, especialment, una cinquena dimensió.

—Fins ara no han trobat res malgrat utilitzar el Gran Col·lisionador d'Hadrons, l'accelerador protó-protó més gran de 27 km de circumferència. Amb ell es disparen raigs de partícules a gairebé la velocitat de la llum perquè quan dos protons col·lideixin produeixin tota mena de partícules. He llegit que, si les teories actuals són correctes, hi ha una diminuta probabilitat que una de les partícules subatòmiques en aquesta col·lisió sigui una cosa anomenada gravitó. La física quàntica ens diu que cada força té una partícula relacionada que la porta. La llum és transportada per fotons. Així que la gravetat hauria de ser transportada, teòricament, per gravitons, però mai no han estat trobats —va manifestar Ulloa.

—Que no els trobin no vol dir que no existeixin.

—Si vostè és qui diu que és, demà sortirem de dubtes —va convenir l'Eudald.

—Li confesso que tinc papallones a l'estómac. Estic impacient a veure aquest portal —manifestar el professor Segismundo Ulloa.

—No més que jo. Pot estar segur —va concloure Einar.

Capítol. 34
No porto ni el meu nom

El sol resplendia a les altes crestes calcàries, al costat oriental dels Ports de Tortosa-Beseit, un massís muntanyós situat en una geografia escarpada entre les províncies de Tarragona, Terol i Castelló, formant part de la serralada Prelitoral catalana i del Sistema Ibèric.

Els tres homes es van predisposar a emprendre una llarga pujada a través d'un ampli barranc sec. Havien deixat la població més propera seguint una pista ben conservada fins a una zona recreativa. Van creuar un pont de fusta i es van allunyar de la pista forestal. No van trigar a arribar a una immensa cova perforada a les entranyes d'un faralló rocós, als peus del qual s'obria l'entrada com una enorme boca de silur, el monstruós peix d'aigua dolça que solca els grans rius europeus.

L'arqueòleg, el professor i l'home encaputxat, van fer una parada per refrescar-se en un petit toll d'aigües cristal·lines de color maragda que provenien d'un petit salt d'aigua proper. Feia molta calor i a penes havien començat el dur ascens fins al cim de la muntanya, a la recerca d'un castell natural on els esperava el portal en forma de finestra arquejada. L'estructura del massís dels Ports presentava un relleu molt complex, format per materials calcaris del Mesozoic, un paisatge abrupte i trencat per diverses falles amb importants encavalcaments. A l'estructura central del plegament, de tipus juràssic, predominaven les roques carbonades, calcàries i dolomies, fàcils d'erosionar i que donaven lloc a un relleu càrstic, presentant una manifesta varietat de formes, una d'elles el finestral on es trobava el portal que cercaven.

Van passar pel costat d'un altre gran arc natural de grans dimensions, però Einar els va informar que s'havia de continuar pujant, «aquest no és el portal», els va dir.

No van trigar a veure l'imponent conjunt de roques enlairant-se a la carena de la muntanya, assemblant-se a un castell.

—Aquí hi ha la nostra fortalesa imaginària —va dir Einar dibuixant un lleu somriure de satisfacció.

—Reconec que fa honor al seu nom —només es va atrevir a dir Segismundo Ulloa. El cansament s'havia adherit als ossos com un embolcall de plom.

—És un cim defensat per grans cingleres que envolten tot el penyal. Quan arribem als peus, al final de l'ascens, cal pujar fent una curta escalada de tercer grau.

—S'ha d'escalar? —va esbufegar Segismundo.

Suava expulsant l'aigua del seu cos a dolls.

—Crec que hauríem de descansar o el meu amic el professor, a més de deixar-se la pell, deixarà fins a l'ànima pel camí —va manifestar l'Eudald.

—Porta molt de pes a la bossa? —va preguntar Einar.

—No porto ni el meu nom —va esbossar un somriure forçat—. Només aigua.

—Un plàtan? —va oferir l'Eudald.

—Vostè ve preparat.

—Els arqueòlegs de vegades treballem sota les inclemències de l'infern a les campanyes d'estiu. La majoria de les vegades, en llocs molt inhòspits. Necessitem aportació d'hidrats de carboni d'absorció ràpida, i —va aixecar la meitat del plàtan que li quedava—, aportació de potassi, bo per al sistema nerviós i muscular. Preveu les rampes i constitueix una font d'energia.

Einar es va quedar sense paraules. Segismundo va somriure movent lleument el cap.

En dos mossegats va desaparèixer la fruita canària engolida entre les goles de l'arqueòleg.

No van trigar a pujar l'últim tram, una estreta canal oberta a la roca. Einar duia la corda d'escalada.

Tots tres van buscar el camí d'ancoratges al relleu càrstic.

—Són només quinze metres —va precisar Einar—. Jo pujo primer.

Un cop va haver aconseguit el cim, Einar els va cridar.

—És el punt més feble del castell!

El professor va treure forces d'on no n'hi havia i es va disposar a pujar-hi.

—Assegurat abans d'impulsar-te —va aconsellar l'Eudald amb certa preocupació.

Van superar el desnivell vertical amb facilitat gràcies als ancoratges fixats a la roca.

Segismundo va mirar cap avall. Un lleu vertigen es va apoderar-se de la seva ment.

Einar li va posar la mà a l'esquena.

—La baixada és més fàcil. Un petit ràpel i Zas!

El professor es va girar cap a Einar encongint-se d'espatlles. No n'hi quedava cap altra.

Van seguir un breu corriol fins a assolir l'objectiu final.

—El portal! —va exclamar l'Einar, l'encaputxat.

La llum del sol irradiava una claredat inusual, il·luminant l'arc de pedra. Una finestra, les dimensions de la qual, no eren gaire grans, poc més de dos metres d'alt per altres tants de llarg. Des d'aquell lloc fantàstic, envoltat de muntanyes que s'estenien a la llunyania, el paisatge es feia absolut davant els ulls d'Eudald i Segismundo. Era una finestra natural orientada al sud-oest, davant d'un horitzó blau i clar. Un mirador obert al món, un món imaginari propi d'una novel·la de J.R.R. Tolkien.

Einar va estendre els braços.

—Els vaig dir que hi havia molta energia en aquest lloc. La puc sentir sota la meva pell.

L'aire era una lleu glopada de silenci, un sospir fascinant que suscitava una poderosa atracció.

Einar va llançar una mirada complaguda.

—*In omnia paratus.*

—A punt per a tot —va xiuxiuejar Segismundo.

Capítol. 35
Miðgarðr

Einar va treure el *Heimr myrkr* i el va dipositar sobre una petita llosa al costat del portal.

Segismundo Ulloa, el vell professor, es va acostar a l'home encaputxat i li va entregar l'anell armil·lar.

—Suposo que ha arribat el moment.

—Els agraeixo la seva valuosa ajuda.

Einar es va girar cap a l'arqueòleg.

—Diuen que la mort té un propòsit. La mort i la vida són el *yin* i el *yang*, la foscor i la llum, el concepte de la nostra existència. Aquesta dualitat existeix a tot l'univers, a cadascun dels mons paral·lels. Són les dues forces fonamentals, oposades i complementàries que es troben a totes les coses. Deixaré d'existir en el seu món —li va dir mirant fixament l'Eudald—, però continuaré existint a l'altre. Hauria de tenir més fe —Einar va fer un entre cometes amb els dits—, en les coses que li brinda la vida, encara que li costi comprendre-les. Quan travessi aquest portal, senyor Claramunt —va continuar—, vostè tindrà un altre concepte del món i de la seva existència.

Eudald va romandre en silenci.

Einar va observar les cares d'aquells dos homes que romanien expectants.

—El que passi avui, aquí i ara, no és un miracle, ni un truc de màgia —va sentenciar—. Avui seran testimonis d'allò que la humanitat cerca des de fa segles. Un fet perdut en el temps d'un futur llunyà, un futur que possiblement no arribarà mai a ningú.

—Però... —Eudald va intentar parlar.

Einar va fer un gest amb la mà oberta impedint que parlés.

—Seran afortunats de viure aquest moment, però no intentin explicar-ho, ningú no els creurà —va afirmar Einar.

L'home encaputxat va estendre els cèrcols de l'anell armil·lar que van centellejar a la llum del sol. Va agafar el llibre a les mans i el va subjectar obert sobre el palmell de la mà esquerra. Va orientar l'anell que subjectava amb la mà dreta i va començar a pronunciar les paraules escrites al llenguatge de *Sòlgard*, un idioma derivat de l'antic nòrdic.

Davant la mirada estupefacta de Segismundo i Eudald, van veure com al centre de la finestra natural es formava una mena de miratge, similar al fenomen òptic que es produeix en els dies especialment calorosos d'estiu sobre l'asfalt i en una plana.

El dia estava clar i els raigs del sol es refractaven a la trajectòria de l'obertura natural sota l'arc. Van notar l'aire més dens. El contorn de la roca que conformava l'arc natural semblava distorsionar-se per moments.

No donaven crèdit el que estaven veient!

—No han de témer res —va tranquil·litzar Einar—, és la radiació electromagnètica que es genera pel moviment tèrmic de les partícules carregades que hi ha a la matèria. Gairebé està llest —va apuntar—. Es genera depenent de la intensitat de la temperatura que arriba en obrir-se el portal.

Einar va guardar a la seva vella motxilla el llibre, i va tancar l'anell.

—El *Miðgarðr*, el portal, és obert —va concloure.

—I ara què? —va dir l'Eudald.

—El creuaré. Els estic eternament agraït. Recordeu —va afegir—, això no ha passat mai.

Einar Gísli va saltar al buit sota l'arc i es va esfumar a l'instant.

Els dos homes van sentir l'impuls de córrer a subjectar-lo, tement que caigués al buit, a l'altra banda de l'arc.

La impressió que els va produir, els va glaçar la sang.

La sensació tèrmica va desaparèixer i l'aire fresc va tornar a circular pel forat d'Erosa.

L'home encaputxat es va volatilitzar.

Tots dos van romandre en silenci.

Després van iniciar el descens.

Capítol. 36
El saurí

L'antiga ciutat de Tàrraco es preparava per viure un any més la festa d'agost, Sant Magí, l'ermità que va fer brollar l'aigua en el moment més calorós de l'any. Una festa arrelada des del segle XIX.

El vell professor contemplava des de la terrassa del Solric Alta Taverna, el seu lloc favorit, l'ambient que es generava per moments a la plaça de la Font.

Eudald va proposar un brindis per celebrar l'increïble final de la història viscuda.

—Explica la llegenda que —va dir Segismundo—, al segle III, possiblement començaments del IV, Sant Magí va fer brollar aigua miraculosa en un lloc anomenat *Brufaganya*, per calmar la set dels soldats que el volien martiritzar. Durant trenta anys va ser ermità en una cova, a la mateixa muntanya on van brotar les fonts.

—Potser era un dels homes que dominaven l'aigua. Ves a saber, un saurí —va admetre l'Eudald.

—És possible. Hi ha molta gent estranya pel món, per aquest món —va matisar.

Tots dos van deixar anar sengles riallades.

—El meu avi era un d'aquells homes de l'aigua —va dir l'Eudald—. Es dedicava a buscar-la amb el mètode saurí. Mai no solia fallar, sempre trobava corrents d'aigua o llacs subterranis. El venien a buscar pagesos i propietaris de terres llunyanes perquè els orientés i els indiqués on fer els seus pous.

—Com cercava l'aigua?

—Ho feia amb una vara de fusta en forma de tirador. Altres vegades feia servir un pèndol per detectar l'existència de fluxos magnètics. Crec que fins i tot feia servir unes monedes de coure. Cada moneda apilada era un metre de profunditat, segons la quantitat de monedes apilades, a tants metres es trobava l'aigua.

—Cada vegada ens queda menys saviesa. Ens atrofiem a mesura que evolucionem —va dir el professor.

Eudald Claramunt va abaixar la mirada buscant unes paraules mesurades.

—Potser Einar no estava tan equivocat. Potser civilitzacions passades van ser millors que la nostra.

Narrativa
Juvenil